ION KARAGOUNIS

WAS WIR HINTER LAS SEN

ROMAN

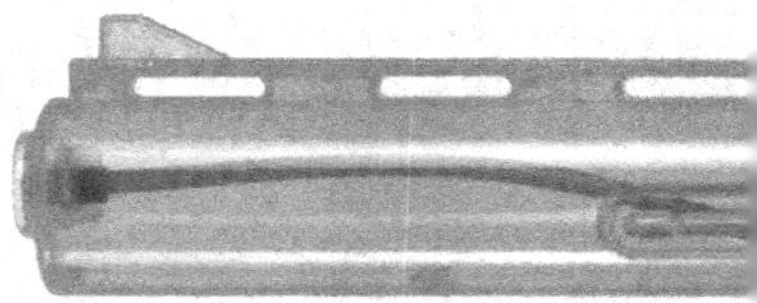

Erste Auflage Frühjahr 2023

www.waswirhinterlassen.ch
info@edition381.ch | www.edition381.ch

Bildnachweis Umschlag; S. 4f.:
© juniorbeep | istockphoto.com
© LauriPatterson | istockphoto.com
© Valerie Loiseleux | istockphoto.com
© luxcreative | istockphoto.com
Bildnachweis Autorenporträt:
© Paul Seewer | WWF Schweiz

Schrift: Filo Pro
Gestaltung: Saskia Nobir
Druck und Bindung: CPI – Ebner & Spiegel, Ulm
Papier: Werkdruck, bläulichweiß, 90 g/m², 1.75

FSC www.fsc.org
MIX
Papier aus verantwortungsvollen Quellen
FSC® C083411

ISBN 978-3-907110-22-5

Du musst nicht alles sagen.

Ich nahm das Foto mit Vater und Mutter aus der Kartonschachtel und stellte es auf die Kommode. Vater trug eines seiner karierten Hemden, Mutter eine weiße Bluse, eine feingliedrige Kette mit blauen Glaskugeln und farblich dazu passende Ohrringe. Beide lachten. So glücklich hatten wir sie selten gesehen.

Aber das, was du sagst, muss wahr sein.

Ich schob das Bild etwas weiter nach rechts.

Zumindest weitgehend.

Dann nahm ich das Foto mit uns vier Brüdern und stellte es hinzu. Wir saßen auf einem Baumstamm am Ufer des Sees. Herbert hielt ein Comic-Heft auf seinen Knien, wir anderen versuchten, einen Blick zu erhaschen. Zuletzt rückte ich die Stehlampe etwas näher an die Kommode, damit das Licht auf die Bilder fiel. So war es gut. Die Familie war mir wichtig. Heute Abend durften keine Zweifel daran aufkommen.

Zumindest weitgehend die Wahrheit sagen, das würde die richtige Taktik sein. Doch was hieß schon Taktik? Meine Chancen lagen, nüchtern betrachtet, bei fünfundzwanzig Prozent. Die Unwägbarkeiten waren groß.

Natürlich hatte ich einiges unternommen, um mich in eine gute Ausgangslage zu bringen. Meine Brüder hatten es mir einfacher gemacht als erwartet. Die Verlockung würde wieder groß sein heute Abend, doch ich würde nicht zu weit gehen dürfen. Das Eis war dünn, ein Fehltritt und ich würde mein Ziel verpassen.

Ich schaute das Foto nochmals an. Denis, Herbert, ich und rechts außen Max. Er hielt etwas Abstand zu uns. Schon immer hatte man ihn unterschätzt, nicht zuletzt wegen seiner zerbrechlichen Figur und seiner kraftlosen Stimme. Er war ungreifbar, wie diese giftgrünen Schleimmassen, die wir als Kinder durch unsere Hände gleiten und auf den Boden platschen ließen, die wir nach uns warfen und vor denen wir kreischend davonliefen, um nicht getroffen zu werden. Heute Abend würde Max die entscheidende Rolle spielen.

Ich holte einen Lappen und wischte den Staub von der Kommode. Vater und Mutter, jetzt waren sie beide tot. Das Einzige, was geblieben war, war dieses Testament von Vater, mit dem wir klarzukommen hatten. Dann kam ich zu den Brettern des Büchergestells, das über der Kommode hing. Der Lappen blieb in der Melaninkante hängen, die sich vom zweituntersten Brett gelöst hatte. Ich wollte bereits den Prittstift holen, um ihn wieder anzukleben, doch ich zögerte. Sollten meine Brüder nicht sehen, dass ich mir keine neuen Möbel leisten konnte und dass ich auf diese Erbschaft angewiesen war? Ich wischte weiter. Andererseits, gegenüber meinen Brüdern als Bittsteller aufzutreten, das könnte meine Position schwächen. Ich holte den Stift und reparierte das Regalbrett.

Anschließend ging ich in die Küche, schob die Backform in den Ofen und stellte die Küchenuhr auf sechzig Minuten. Es gab Auflauf nach Tante Emmis Art, mit einer Käsekruste aus rezentem Gruyère überbacken, so wie ihn Denis liebte. Zur Kontrolle warf ich einen kurzen Blick in den Backofen. Dabei spiegelte sich mein Kopf im Glas der Ofentür. Ich strich mit meiner Rechten über die Stirnglatze, die immer höher zu reichen schien, und über die Haare. Sie standen zur Seite, und ich drückte sie mit beiden Händen an den Kopf. Das half wenig. Ich befeuchtete meine Fingerkuppen mit der Zunge und versuchte es noch einmal. Ein Besuch beim Coiffeur war längst fällig.

Ich ging zurück ins Wohnzimmer und setzte mich auf das Sofa. Ich entfernte einige Wollfussel, die sich auf meinem Pullover gebildet hatten. Es war der cognacfarbene, den mir meine Mutter vor wohl mehr als dreißig Jahren gestrickt hatte. Die Fussel steckte ich in die linke Tasche, dann strich ich die Hose wieder glatt. Mein Blick fiel auf meine blauen Stoffschuhe, die ich kürzlich gekauft hatte. Etwas unpassend, hier zu Hause, doch ich trug sie, damit nicht auffiel, dass meine Socken an den Fersen durchgescheuert waren.

Kasimir strich um meine Beine und sprang auf meinen Schoß.

Bald würden meine Brüder eintreffen. Wir würden über das Erbe streiten und verbissen um eine Aufteilung ringen, die wir später der Willensvollstreckerin und unseren Kindern gegenüber als einvernehmliche Lösung bezeichnen würden, wohl wissend, dass sich nur einer als Sieger sehen konnte. Es gab einen Hauptpreis, alles andere waren Trostpreise, wie bei diesen Preisrätseln, bei denen man lieber gar keinen als den zweiten oder dritten Preis gewann. Doch das wussten meine Brüder noch nicht. Noch hatte ich einen Vorsprung, aber der würde schnell dahinschmelzen. Von Denis war wenig zu befürchten. Herbert dagegen war ein harter Brocken, und an Max wollte ich schon gar nicht denken. Nicht an Max denken mit seinem glasigen Blick und seinen dünnen Fingern, die er wie die Beine einer Spinne über den Tisch spazieren lassen konnte.

Mich schauderte. Ich versuchte, mich abzulenken. Nicht an Max denken. Ich nahm die Zeitung, die auf dem Salontisch lag, nicht an Max denken, und las einen Beitrag über Frankreich, das seinen Lärm und Gestank per Gesetz schützen will. Das sensorische Erbe soll inventarisiert werden: der Gestank von Gülle und Mist, der Lärm quakender Frösche oder krähender Hähne.

Es klingelte an der Türe. Welcher meiner Brüder war so früh? Max kam immer auf die Minute, Herbert gewöhnlich zu spät. Da war meist noch ein Riesending, das er zum Fliegen bringen musste. Es war wohl Denis. Ich hob Kasimir von meinem Schoß und legte ihn neben mich auf das Sofa. Dann stand ich auf, ging durch den Korridor zur Türe, drehte den Schlüssel und öffnete.

»Hallo Oli, schön, dich zu sehen. Ich dachte, ich komme etwas früher. So bleibt uns etwas Zeit zu plaudern, bevor die anderen kommen.«

Plaudern. Mir graute. Ich konnte mich an kein Gespräch mit Denis erinnern, das nicht in eine Grundsatzdiskussion zur einer ihm missliebigen gesellschaftlichen Entwicklung ausgeartet wäre.

»Hallo Denis, passt schon. Setz dich ins Wohnzimmer. Ich komme gleich nach, ich schaue noch nach dem Essen.«

»Hast du das auch gelesen, Oli?«

»Was?«

Denis war mir in die Küche gefolgt, hatte den Schemel unter dem Tisch hervorgezogen und darauf Platz genommen. Er lehnte sich gegen die Wand und legte den rechten Arm auf den Tisch. Er befeuchtete den Zeigefinger mit der Zunge und pickte die Brotkrümel auf, die auf dem Tisch lagen.

»Die Franzosen haben ein neues Gesetz erlassen. Die wollen ihren Gestank und ihren Lärm schützen,

Kuhmist, Kirchengeläut. Als ob die nicht andere Probleme hätten mit ihren Muslimen und ihren Gilets jaunes. Wenn schon, müsste es umgekehrt sein. Wir müssten besser geschützt werden vor Lärm und Gestank. Es ist schon seit Langem erwiesen, dass Lärm krank macht. In den Ländern der Europäischen Union soll jeder fünfte Mensch gesundheitsschädigendem Lärm ausgesetzt sein und pro Jahr sollen zwölftausend Menschen vorzeitig daran sterben.«

»Darum geht es doch gar nicht bei diesem Gesetz, Denis. Es geht um Toleranz. Um Toleranz gegenüber Sitten und Bräuchen, die es immer schwieriger haben in einer Gesellschaft, in der jeder sich selbst der Nächste ist und niemand mehr bereit ist, die geringste Unannehmlichkeit in Kauf zu nehmen.«

»Toleranz per Gesetz verordnen? Das geht doch nicht. Das ist ein Widerspruch in sich.«

Denis hatte jede einzelne Silbe seines letzten Satzes betont. Er pickte weiter Krümel auf.

»Indirekt, Denis, indirekt. Indem der Staat gewisse, von einzelnen Menschen möglicherweise als Belästigung empfundene Immissionen als grundsätzlich zulässig erklärt. Bürgerinnen und Bürger können dann keine Anzeigen mehr erstatten und nicht mehr klagen gegen diese Geräusche und Gerüche.«

»Man glaubt also, Toleranz schaffen zu können, indem man den Menschen die Möglichkeit nimmt, ihre Rechte einzufordern, zum Beispiel ihr Recht, sich vor gesundheitsschädigenden Belästigungen zu schützen.«

»Der Lärm des Straßenverkehrs schädigt die Gesundheit, Denis, aber doch nicht Kirchglockengeläute oder quakende Frösche!«

»Doch, ich habe kürzlich eine Studie gelesen, wonach ...«

Es läutete an der Türe. Sieben Uhr. Max. Ich zwängte mich an Denis vorbei, der mir in den Korridor folgte.

»Hallo Oli, hallo Denis, schön, euch zu sehen!«

Max stellte seine Umhängetasche auf den Stuhl, der neben dem Eingang stand. Sie verströmte einen leicht fauligen Geruch. Er warf den Deckel zurück und nahm ein kleines, quaderförmiges Päckchen heraus.

»Schaut, was ich mitgebracht habe. Ein Stück Vieux Boulogne für das Dessert. Riecht mal, wie der duftet!«

Max wickelte den Käse mit seiner gelb-orangenen Rinde aus dem Papier. Denis nahm einen tiefen Atemzug und lächelte, während ich einen Schritt zurückwich.

»Wisst ihr schon das Beste? Dieser Geruch ist seit Neustem per Dekret geschützt. Die Franzosen haben ...«

»Ja, die Franzosen haben ein Gesetz verabschiedet, und jetzt schließe bitte dieses Papier wieder und leg den Käse auf den Balkon. Und dann geht ihr beide ins Wohnzimmer und lasst mich mal vorwärtsmachen in der Küche!«

»Was für ein gereizter Ton«, murmelte Max, »dabei ist Herbert noch nicht mal hier.«

Er wickelte den Käse wieder ein, ging durch mein Arbeitszimmer auf den Balkon und legte ihn dort auf den Fenstersims. Nachdem er die Türe wieder geschlossen hatte, schlurfte er zu Denis ins Wohnzimmer. Er schien noch hagerer als sonst, Hemd und Hose hingen lose an seinem Körper hinunter.

Ich ging zurück in die Küche, schaute zur Kontrolle in den Backofen und nahm das Sieb mit dem gewaschenen Salat aus dem Spülbecken. Ich verteilte ihn auf die Teller und richtete ihn mit einigen Sprossen und Brotcroutons an. Dann brachte ich Bier und Chips ins Wohnzimmer und stellte beides auf das Salontischchen.

Es läutete erneut. Denis öffnete.

»Schau, Herbert gibt uns die Ehre. Wie schön, dich zu sehen«, begrüßte Denis den Neuankömmling.

»Hallo Mops!« Herbert drängte sich an Denis vorbei und warf seine Sporttasche in die Ecke neben der Garderobe. Er rückte das Hemd zurecht, atmete aus, schnallte den Gürtel um ein Loch enger und betrat das Wohnzimmer.

»Sorry Guys, dass ich so spät komme. Da läuft grad eine große Sache bei uns, ein Riesending, und ich kam nicht los. Morgen ist Abgabetermin für unser Angebot, ich sag euch, enorm wichtig für uns, die Opportunity, auf die wir gewartet haben. Wenn die zum Fliegen kommt, dann kommen wir dick heraus.«

»Hast du eine neue Jacke?«, unterbrach ihn Max.

»Sieht gut aus, nicht? Von D&G.«

»Das Orange hat etwas von der Rinde eines Vieux Boulogne.«

Herbert war braun gebrannt wie immer. Seine Geschäftsreisen verband er jeweils mit ein paar Tagen an den schönsten Stränden der Welt. Beziehungspflege nannte er das, enorm wichtig, das A und O im IT-Business, nur so bleibe man im Gespräch und komme an neue Deals. Herbert war der Überflieger in unserer Familie, sportlich, beruflich ambitioniert, weltgewandt. Einige statusbewusste Eltern mit Töchtern im heiratsfähigen Alter hatten in ihm bereits den potenziellen Schwiegersohn gesehen. Bei der sechsten oder siebten Freundin war es so weit gewesen. Mit achtundzwanzig hatte er geheiratet und mit Henriette zwei Kinder bekommen.

Herbert besaß einen ausgeprägten Riecher für die neusten technischen Entwicklungen und die Bedürfnisse der Menschen. Noch während seiner Ausbildung zum Versicherungskaufmann handelte er mit PCs, wenig später kamen die ersten Mobiltelefone hinzu, damals noch mehrere Kilogramm schwere, unhandliche und in Koffer verpackte Geräte. Bald nach seiner Ausbildung kehrte Herbert dem Versicherungswesen den Rücken und setzte ganz auf die IT. Er gründete mehrere Firmen, die im Hardwarehandel tätig waren, bevor er auf die Entwicklung von Software setzte und in verschiedenen großen Softwarehäusern für die Erschließung neuer Märkte verantwortlich war. Vor rund zwei Jahren wurde er Mitinhaber eines Unternehmens mit Niederlassungen in verschiedenen europäischen Staaten und in den USA.

Traumschwiegersohn, davon konnten Denis, Max und ich nur träumen. Wir taten uns schwer, jeder auf seine Weise. Wie ungerecht das Schicksal doch war.

Wir öffneten die Bierflaschen und warfen die Flaschendeckel in Richtung Papierkorb, der neben dem Sofa stand. Es war wie früher. Herbert traf, wir anderen drei verfehlten das Ziel.

Wir prosteten einander zu. Wie geht es Frau und Kindern? Was macht die Arbeit? Wo seid ihr in den Ferien gewesen? Wir tauschten Höflichkeiten aus.

Bald war nur noch das Krachen der Chips zu hören. Denis hatte bereits die halbe Schale leer gegessen. Obwohl er gerne Enthaltsamkeit predigte, hatte er sich noch nie zurückhalten können, wenn Nüsschen oder

Chips in Reichweite lagen. Es war ihm anzusehen. Dazu die ungepflegten Haare und das T-Shirt, das er nicht erst heute aus dem Schrank genommen hatte.

»Sag mal«, richtete sich Max an Denis, »bist du in die Schwergewichtsklasse aufgestiegen?«

»Ein kleines Work-out nach der Arbeit wäre das Richtige für dich, Mops! Ich spendiere dir eine Stunde mit meinem Personal Trainer.« Herbert hatte seine Brust durchgedrückt und zeigte auf seinen flachen Bauch. »Der zeigt dir, wie man so was macht.«

»Etwas mehr Bewegung täte dir schon gut«, ergänzte ich, »die Umwelt zu schützen und für die eigene Gesundheit vorzusorgen: Das alles gehört doch zu einem bewussten Lebensstil.«

»Ich brauche keine Belehrungen, schon gar nicht von dir, Oli!«

»Nimm's locker, Mops. Der Griffel«, Herbert zeigte mit dem Kopf in meine Richtung, »der Griffel kann nicht anders, der hat schon immer gewusst, was das Beste für uns alle ist. Stellt euch vor, was aus uns geworden wäre, wenn wir seine Ratschläge befolgt hätten. Noch mehr mittellose Kulturschaffende, die an den Subventionstöpfen hängen. Aber ich unterstütze mein Brüderchen gerne mit meinen Steuerzahlungen. Falls unser Deal zustande kommt, fällt sogar noch etwas mehr ab für darbende Schriftsteller.«

Herbert wandte sich mir zu: »Schreibst du immer noch für diesen Verein mit den Tieren?«

»Du meinst die Interessengemeinschaft der diplomierten Tierpsychologen und Tierethologen. Ja, sie zählt zu meinen regelmäßigen Kundinnen.«

»Verdienst du dabei genug oder lässt du dich von Helga aushalten?« Herbert lachte laut heraus. »Viel wird es wohl nicht sein.« Er war zur Wohnzimmertüre gegangen und tippte mit dem Schuh auf die Stelle, wo der Spannteppich deutliche Schabspuren aufwies und das darunterliegende Gewebe zum Vorschein trat.

Nicht provozieren lassen, ruhig bleiben, das würde wichtig sein heute Abend. Ich ignorierte Herbert.

»Lasst uns rübergehen, der Salat ist bereit.«

Der Esstisch stand in der hinteren, den Fenstern abgewandten Seite des Raums, wo zugleich eine Türe in die Küche führte. Vorne, wo wir den Apéro genommen hatten, befand sich der Salontisch mit einem Sofa und zwei Sesseln. Der ganze Raum maß etwa sieben Meter in der Länge und nicht ganz fünf Meter in der Breite und war für eine Wohnung aus den Siebzigerjahren recht großzügig. An der Wand, wo das Wohn- ins Esszimmer überging, stand die Kommode, die ich vor einigen Jahren im Outlet eines Möbelhauses erstanden hatte. Sie war so lang, dass neben den Fotos unserer Familie genug Platz geblieben war, um Getränke, Gläser und Geschirr für das Essen bereitzustellen.

»Du hast also für vier Personen gedeckt«, bemerkte Max, als wir an den Tisch traten.

»Ja, Helga ist im Kino.«

»Ach, deine Frau Gemahlin ist sich zu gut für deine Brüder«, bemerkte Herbert. »Was geht sie schauen?«

»Nomadland.«

»Läuft der wieder? Schwere Kost. Den habe ich schon lange gesehen, wohl als ich das vorletzte Mal in den States war. Mit uns würde sie sich besser unterhalten.«

»Ich dachte eher, dass Sarah auch kommt, dann wären wir alle zusammen.« Max schaute auf den Boden und rieb sich die Finger.

»Du denkst zu viel, Max«, fuhr Herbert ihn an.

»Es wäre schön gewesen, wenn …«

»Du weißt genau, dass sie nicht kommen wird.«

»Falls sie doch kommt …«

»… kann sie dort drüben auf dem Sofa bei Kasimir Platz nehmen.«

Kasimir hob seinen Kopf, als er seinen Namen hörte, und schaute in unsere Richtung. Dann streckte er seine Vorderbeine, drehte sich und legte sich wieder hin.

»Sarah gehört genauso zu uns an den Tisch!«, insistierte Max.

»Wenn es ihr nicht passt, soll sie ein Bild posten unter Hashtag Sofagate«, warf ich ein.

»Was bedeutet Sofagate?«, fragte Denis und schaute mich an.

»Sofagate steht sinnbildlich für die Demütigung des politischen Gegners mit einer symbolträchtigen Aktion, die dessen Grundwerte ins Lächerliche zieht, gepaart mit dem Kunststück, den Gegner dazu zu bringen, durch eine ungeschickte Reaktion diese Symbolkraft zu verstärken und den Fehler dafür vor allem bei sich selbst zu suchen. Den Rest kannst du googeln. Lasst uns jetzt essen.«

Wie in unserer Familie üblich, oblag es mir als Gastgeber, die Plätze zuzuweisen. Herbert setzte ich direkt gegenüber von mir, Max diagonal. Denis nahm ich neben mich. Sein Müffeln würde ich in Kauf nehmen müssen, wichtiger war mir, die beiden anderen stets im Blick zu haben.

Ich holte die Teller mit dem Salat aus der Küche und servierte sie meinen Brüdern. Dann goss ich Wasser in die vier rauchfarbenen Gläser, die unsere Eltern einst aus dem Italienurlaub mitgebracht hatten. Den Wein würde ich erst später einschenken, ich vertrug nicht mehr so viel wie früher und wollte klar bleiben.

Wir begannen zu essen. Denis las die Croutons mit den Fingern aus dem Salat und aß sie als Erstes.

»Griffel, sind das die Gläser, die du von zu Hause hast mitlaufen lassen?«, fragte Herbert.

»Die haben mir unsere Eltern geschenkt, als ich die erste eigene Wohnung bezog. Du hast im Übrigen den schönen alten Ohrensessel erhalten, als du ausgezogen bist.«

»Dieses schmuddelige Teil?«

»Der Sessel stammte immerhin von Großvater.«

»Der war so widerlich. Ich habe ihn gleich am Tag danach entsorgt.«

Ich wollte etwas entgegnen, ließ es doch bleiben. Nicht provozieren lassen, das galt weiterhin.

Wir aßen weiter. Niemand sagte mehr etwas.

Nach einigen Minuten schaute ich auf die Uhr. Halb acht. Es war Zeit loszulegen. Ich schob den Teller zur Seite, rückte meinen Stuhl zurecht und stützte mich mit meinen Unterarmen auf den Tisch.

»Liebe Brüder, ich freue mich sehr, dass wir uns heute alle treffen.«

»Alle?«, unterbrach Max. »Unsere Schwester Sarah fehlt.«

»Es war nicht einfach, einen Termin zu finden«, fuhr ich fort. »Ich danke vor allem unserem viel beschäftigten Herbert, dass er eine Lücke finden konnte zwischen zwei wichtigen Geschäftsreisen.«

»Und Sarah fand keine Lücke?« Max zog Luft durch seinen fast gänzlich geschlossenen Mund, sodass ein zischendes Geräusch entstand. Dann atmete er hörbar aus.

»Wie ihr wisst, treffen wir uns heute, um einige wichtige Fragen zur Zukunft unserer Familie zu klären. Es ist unterdessen ein halbes Jahr her, dass unser herzensguter Vater einen schweren Autounfall hatte, mehrere Wochen im Spital lag und ...«

»Komm zum Punkt, Griffel, wir wissen, um was es geht«, fuhr Herbert dazwischen. »Vater ist tot, und wir müssen mit diesem Testament klarkommen. Und herzensgut war er schon gar nicht.«

»Sprich nicht so über Vater. Er mag etwas eigen gewesen sein, aber im Grunde genommen war er ein feinfühliger und wohlwollender Mensch, der keiner Fliege etwas zuleide tun konnte.«

»Davon habe ich nichts gemerkt. Hör endlich auf, unsere Eltern zu überhöhen. Von Vater haben wir wenig gesehen, und Mutter wurde schon früh krank. So war es.«

»Ihr alle kennt das Testament. Ihr seid dabei gewesen, als es uns der Notar eröffnet hat.« Ich war aufgestanden und hatte es aus dem Sichtmäppchen geholt, das auf der Kommode bereitlag, hinter dem Foto unserer Eltern. Ich las vor:

»Meine vier männlichen Nachkommen erben meine vier Firmen, jeder eine, und sie führen sie in meinem Sinne weiter. Sie einigen sich selbst darauf, wer welche Firma übernimmt. Sollten sie sich bis spätestens sechs Monate nach meinem Ableben nicht auf eine Zuteilung einigen können, werden die Firmen durch meine

Willensvollstreckerin veräußert, wobei die Hälfte des Erlöses einem gemeinnützigen Zweck zugeführt wird. Dasselbe gilt, falls eine oder mehrere Firmen innerhalb von fünf Jahren nach dem Erbgang veräußert werden. Der Rest meiner Hinterlassenschaft wird unter Einhaltung der gesetzlich vorgeschriebenen Pflichtanteile aufgeteilt. Als Willensvollstreckerin bestimme ich Frau Marta Senti, Partnerin in der Anwaltskanzlei Bischoff, Künzli und Senti in Erzershofen.«

»Was ist eigentlich mit Sarah? Bekommt sie nichts?«, fragte Max. Er legte sein Salatbesteck auf die Serviette und schaute in die Runde.

»Ihren Pflichtanteil, das hast du doch gehört«, sagte Denis.

»Aber diese Firmen sind doch viel mehr wert als der Rest, da müsste Sarah auch was davon kriegen.«

»Vater hat sich nie für Sarah interessiert, das weißt du genau«, bemerkte Herbert.

»Bis sie älter wurde«, murmelte Denis.

»Was hast du da gesagt?« Max war aufgesprungen und ging auf Denis zu.

»Nichts!« Denis wich nach hinten, so weit es der Stuhl zuließ, und streckte seine Hände abwehrend gegen Max aus.

»Wie auch immer Vater zu Sarah gestanden haben mag«, ich hatte die Hand gehoben und versuchte, die Diskussion zu beruhigen, »ihr hattet mich damit beauftragt, das Testament von Vater mit dieser Frau Senti näher anzusehen und zu klären, um welche Unternehmen es sich dabei handelt.«

»Beauftragt? Du hast dich vorgedrängt, Griffel. Wie immer, wenn es um Geld geht.«

»Ach was. Ihr hattet partout keine Zeit. Du musstest nach dem Besuch beim Notar gleich wieder auf Geschäftsreise in deine States, und Denis fuhr an einen Kongress, bei dem es um die Auswirkungen des Klimawandels auf irgendwelche Quallen ging.«

»Korallen, Oli, Korallen. Sie reagieren äußerst empfindlich selbst auf kleinste Temperaturerhöhungen. Sie lassen sich deshalb besonders gut als Indikatoren einsetzen, um die fortschreitenden Änderungen des Klimas zu dokumentieren und mögliche Entwicklungen vorauszusagen. Da wurden die neuesten Ergebnisse einer Studie auf den Fidschi-Inseln präsentiert, sehr beunruhigend, muss ich euch sagen, die Forscher:innen rechnen damit, dass bereits in wenigen …«

»Ich wäre ja schon mitgegangen«, unterbrach Max.

»Was, du warst nicht dabei? Griffel, wir hatten abgemacht, dass ihr zu zweit dahin geht.«

»Es ist nicht meine Schuld, dass Max nicht dabei sein konnte. Unser armer Bruder hatte wieder einmal Pech.«

»Was ist denn passiert?«, fragte Denis.

»Drei Tage vor dem Termin mit der Anwältin war ich mit dem Fahrrad unterwegs. Es war bereits dunkel und es hat in Strömen geregnet. Da bin ich in eine dieser mobilen Verkehrstafeln gefahren, die eine Umleitung anzeigen. Tags zuvor, als ich das letzte Mal die Stelle passiert hatte, war sie noch nicht da. Ich bin auf mein lädiertes Knie gefallen, und die alten Verletzungen sind wieder aufgebrochen. Bereits am übernächsten Tag wurde mein Knie operiert, einmal mehr, es war wohl die siebte oder achte Operation, und in der Folge durfte ich mein Bein während einer Woche nicht belasten. Da konnte ich Oli nicht begleiten.«

Natürlich war es mir nicht ungelegen gekommen, allein zur Anwältin zu gehen. Ein Informationsvorsprung konnte nie schaden, vor allem nicht in dieser Angelegenheit. Eine kleine Nachlässigkeit in der Kommunikation hatte genügt, um einen gemeinsamen Termin zwischen Herbert, Denis und der Anwältin zu verhindern. Das mit Max war schlicht Glück gewesen.

Trotzdem: Mussten wir uns jetzt einmal mehr das ganze Gejammer anhören? Ich wurde nervös und begann, mit meinem Fuß zu wippen.

»Gut, sind wir auf mein Knie zu sprechen gekommen.« Max stand auf, streckte sein lädiertes Bein, stöhnte leise und ging, seinen schleppenden Gang betonend, in den Korridor. »Beinahe hätte ich vergessen, meine Pillen zu nehmen.« Er nahm eine Medikamentenpackung aus seiner Tasche.

Max und sein Knie. Das war nicht das Einzige, womit er haderte in seinem Leben. Wie Herbert hatte er eine kaufmännische Ausbildung absolviert, jedoch im Immobiliensektor. Er war ein brillanter Analytiker und konnte fast jedes Thema treffend und mit viel Hintergrundwissen kommentieren. Statistiken erstellen und auswerten waren sein Ding, und so spezialisierte er sich auf Marktstudien für Eigenheime. Wann immer es in den Medien um steigende Hauspreise, drohende Immobilienblasen oder abnehmende Eigenheimquoten ging, wurde er um seine Einschätzung gebeten. Irgendwann begann ihn das zu langweilen, und er wurde Makler in einer Immobilienvermittlungsagentur. Man dachte wohl, mit seinem immensen Wissen wäre er auch der gewiefte Verkäufer. Ob er damit glücklich wurde? Wohl kaum. Max äußerte sich selten über seinen Wechsel. Ich konnte mir nicht vorstellen, wie er potenzielle Kunden würde begeistern können, wenn er mit ihnen durch die Wohnungen schlurfte, bei jedem Türrahmen den Kopf einzog und mit seiner fistelnden Stimme etwas von einzigartigem Objekt murmelte und dabei teilnahmslos in die Ferne schaute, in Gedanken wohl bei seinen Analysen weilend. Es fehlte ihm an den Eigenschaften, die erfolgreiche Makler ausmachen, diese Experten in Verbreitung guter Stimmung, die stets eine Spur freundlicher sind, als es einem angenehm ist, und die genau in dem Moment, in dem man eine Frage auf der Zunge hat, die dazu passende Antwort geben.

Max kämpfte mit so vielem in seinem Leben. Er war derjenige von uns, der mit der Krankheit von Mutter am wenigsten zurechtgekommen war. Sein Sportunfall machte alles noch schlimmer. Mit zweiundzwanzig hatte er sich die Bänder am rechten Knie gerissen. Er musste die Leichtathletik aufgeben, in der er dank seinem windhundartigen Körperbau viele Wettkämpfe gewonnen hatte. Das Einzige, was ihm geblieben war, waren eine Reihe von Diplomen, die in seiner Wohnung hingen, und sein leicht schleppender Gang, weil das Knie nicht richtig heilte. Einige Jahre nach dem Unfall hatte er sich in eine Ehe geflüchtet, die jedoch nicht gehalten hatte. Sein ewiges Hadern, mit seiner Kindheit, mit seinem Unfall, mit seinem Beruf, der ihn letztlich zu wenig forderte, gepaart mit einem Zynismus, der immer ausgeprägter wurde: Das konnte niemand aushalten, nicht einmal seine Frau. Weder hatte die Ehe eine Wendung zum Besseren gebracht, noch vermochte es später die Scheidung, im Gegenteil. Jetzt litt Max zusätzlich unter den Alimenten, die er für seine drei Töchter bezahlen musste.

Max kam aus dem Korridor zurück und setzte sich wieder hin. Er drückte zwei Tabletten aus dem Blister, schluckte sie nacheinander hinunter und trank ein Glas Wasser.

»Das heißt, dass wir uns allein auf die Aussagen von Griffel verlassen sollen? Das geht doch nicht!« Herbert schlug mit der flachen Hand auf den Tisch. »Der war noch nie neutral, wenn es um die Familie ging. Wie seht ihr das, Max und Mops?« Er schaute die beiden herausfordernd an.

»Lassen wir ihn mal berichten«, sagte Denis. »Etwas anderes bleibt uns im Moment nicht übrig. Oli, was ist bei dieser Senti rausgekommen?«

Herbert wollte etwas erwidern, doch er zögerte einen Moment. Ich ergriff die Chance und antwortete: »Die vier Firmen sind, kurz gesagt, ziemlich eigenartig.«

Das war gerade noch gut gegangen, dank Denis, der sich gar schnell mit meinen Auskünften zufriedengegeben hatte. Ich begann, von meinem Besuch in Erzershofen zu erzählen. Sofort sah ich Marta Senti in ihrem dunkelblauen, klassisch geschnittenen Hosenanzug wieder vor mir. Unser Gespräch spielte sich wie ein Film vor meinem inneren Auge ab.

—

»Wissen Sie eigentlich, welche Art von Geschäften Ihr Vater betrieb?«, fragte mich Marta Senti, nachdem wir uns in ihrem Büro an den Besprechungstisch gesetzt hatten. Zwei Gläser und zwei Fläschchen mit Mineralwasser standen bereit. Sie waren bereits geöffnet, und Senti goss Wasser ein.

»Nein, keine Ahnung. Er war viel fort und hat nie etwas davon erzählt«, antwortete ich.

»Das wundert mich nicht.«

»Wieso? War er etwa in illegale Geschäfte verstrickt?«

»Nein, nicht eigentlich illegal, aber, wie soll ich sagen: Nichts, das man an die große Glocke hängt. Neben vielen kleinen Minderheitsbeteiligungen war Ihr Vater alleiniger Besitzer beziehungsweise Mehrheitsaktionär von vier Unternehmen.

Da ist als Erstes die FF Toys and Games Company Inc. FF steht für, einen Moment«, Senti blätterte in den Dokumenten, die vor ihr lagen, »FF steht für Fearless Fighters, unerschrockene Kämpfer. Die Firma stellt Kriegsspielzeug und Kriegscomputerspiele her, für Kinder und Erwachsene.«

»Für Kinder, das kann doch nicht legal sein!«, warf ich ein.

»Ach, da bringen Sie irgendeinen klein gedruckten Warnhinweis auf der Verpackung an – nur für Kinder ab vierzehn Jahren geeignet – und schon sind Sie fein raus.

Als Zweites haben wir die Piccole Chicche – Prodotti per Giardini e Case distinti S.p.A. aus Italien, in der Nähe von Padua. Sie stellt Ziergegenstände für Gärten und Landhäuser her.«

»Ziergegenstände?«

»Gartenzwerge, Frösche, Rentiere für den Winter. All das Zeugs, das in unseren Vorgärten rumsteht. Dann die Elina Beauté SA. Die produziert Pflegeprodukte und

Kosmetika für Frauen. Da sind einige bekannte Linien dabei, so Hellas Beauty, Italian Seduction oder Spanish Dreams.«

—

»Das sind die mit der Hyaluronsäure!«, unterbrach mich Max und schnippte mit seinen Fingern, als ob er in der Schule säße und sich zu Wort meldete.

»Hyula-was?«, fragte Denis.

»Hy-a-lu-ron-säure. Hyaluronsäure ist ein Hauptbestandteil des zwischen den Hautzellen liegenden Bindegewebes. Durch ihre Fähigkeit, große Mengen Wasser zu binden, ist sie für den Feuchtigkeitsgehalt der Haut mitverantwortlich. Hyaluronsäure sorgt damit für die Elastizität der Haut und kann dazu beitragen, die Bildung von Falten zu verhindern.«

Max schnappte nach Luft. Er hatte ohne Punkt und Komma gesprochen, als hätte er schon lange auf den Moment gewartet, erklären zu dürfen, was Hyaluronsäure ist.

»Und woher willst du so was wissen? Du hast doch immer eine drei geschrieben in Chemie.«

»Alltagswissen, Denis! Das ist dir komplett fremd, ich weiß. Du solltest mehr Werbung schauen, statt immer nur wissenschaftliche Publikationen zu lesen.«

»Werbung hat doch nichts mit Wissen zu tun. Überhaupt, die gehört ohnehin verboten. Sie treibt erwiesenermaßen unsere Konsumwut an; eine Studie hat kürzlich gezeigt, dass ...«

Ich klatschte zweimal in die Hände, um Denis zu unterbrechen, und fuhr mit meinem Bericht fort.

—

»Die Elina SA ist sicher eine Perle im Portfolio Ihres Vaters«, ergänzte Marta Senti. »Sehr einträglich, die Firma ist gut positioniert am Markt. Schönheit, Kosmetika, jung bleiben – da sehe ich eine rosige Zukunft.

Schließlich haben wir noch die PLM Chemicals Inc. Die entwickeln und produzieren, wie ihr Name sagt, Chemikalien.«

»Welche Art von Chemikalien?«

»Chemikalien, die in Zukunft als Medikamente eingesetzt werden sollen, und zwar als Psychopharmaka, um genau zu sein. Psilocybin, LSD, MDMA und Ähnliches.«

—

»Medikamente!«, empörte sich Denis und stach mit der Gabel nach dem letzten Salatblatt, das in seinem Teller lag. »Habt ihr das gehört? Das sind Drogen! Unser Vater war ein Drogenhändler.«

»So was sagt man nicht über seinen Vater!«, schnauzte ich Denis an.

»Ach was, jetzt endlich kommt sein wahres Gesicht an den Tag. Gegen außen gab er sich immer höflich, trat zurückhaltend auf und wirkte wie der Naivling vom Land in seinen ältlich wirkenden Manchesteranzügen, seinem kurz geschnittenen Schnurrbart und seinen sorgfältig frisierten Haaren, den Scheitel stets sechs Zentimeter über seinem linken Ohr platziert. Alles nur gespielt, das habe ich schon lange vermutet.«

»Das ist vielleicht eine bunte Mischung, die sich Vater zusammengesucht hat«, warf Max ein. »Fehlt nur noch ein Pornofilmstudio. Was hat der sich bloß gedacht beim Kauf dieser Firmen?«

»Mehr als du denkst«, sagte ich. »Schönheit, Gesundheit, Spielen – jede dieser Firmen spricht ein menschliches Urbedürfnis an.«

»Und die Frösche?«, fragte Denis.

»Die machen glücklich.«

»Die sind doch nutzlos und außerdem eine ästhetische Plage, wie sollen die glücklich machen?«

»Das muss sich nicht ausschließen, Denis. Nichts zu besitzen ist nicht für alle Menschen der Weg, um glücklich zu werden. Aber das verstehst du nicht. Und bevor du weiter über Ästhetik dozierst: Schau mal dein T-Shirt an.«

»Eines muss man Vater lassen: Er war gut diversifiziert«, sagte Herbert. »Ich nehm die Elina SA. Ihr könnt den Rest unter euch aufteilen, wie ihr wollt.« Er schob den leeren Salatteller von sich weg und lehnte sich zurück.

»Wieso solltest ausgerechnet du die Elina SA erhalten?«, fragte Max.

»Als Ältester habe ich den Vorrang.«

»Sarah ist die Älteste von uns allen!« Max hatte seinen Oberkörper ruckartig Herbert zugedreht und seine Stimme vibrierte.

»War ja nur ein Scherzlein, Max, reg dich nicht gleich auf.«

»Vielleicht sollte derjenige die Elina erhalten, der sich am meisten um die Familie gekümmert hat«, schlug ich vor.

Herbert hatte mich mit seinem Vorpreschen überrumpelt. Es war höchste Zeit, mich in Position zu bringen. Als mir Marta Senti von der Elina SA erzählt hatte, war mir sofort klar geworden: Diese Firma würde meine finanziellen Probleme auf einen Schlag lösen. Diese wollte ich. Keine andere. Gegen allen Widerstand meiner Brüder.

»Hört, der Liebling der Familie will belohnt werden für sein ach so aufopferndes und uneigennütziges Verhalten. Daher weht der Wind. Unser klammer Griffel braucht wieder einmal Geld.« Herbert wandte sich direkt an mich: »Deine Stimme verrät dich. Sobald du in diesem tiefen, tragenden Ton sprichst, der vertrauensbildend wirken soll, geht es nur noch um dich. Du hast dich keinen Deut verändert. Schon früher hast du dich wie ein Blutegel am Geldbeutel von Vater und Mutter festgesaugt. Nichts war dir zu peinlich, um dich bei unseren Eltern einzuschmeicheln und einen Extrabatzen zu erbetteln. Hast du süß geträumt, Mama? Darf ich dir schon mal die Zeitung holen, Papa?«

»Zur richtigen Zeit ein Zeichen der Wertschätzung zu geben, das war nie falsch, vor allem nicht, als es Mutter zunehmend schlechter ging.«

Herbert stand auf, stützte seine Arme auf den Tisch und lehnte sich zu mir herüber. Sein Kopf lief rot an und die Halsschlagadern traten hervor.

»Ach was, kein normaler Zwölfjähriger fragt so was. Und dieses selbstgefällige Grinsen, wenn du dein Ziel wieder einmal erreicht hattest, am liebsten hätte ich dir jeweils eine reingehauen, wenn es dir nicht zusätzlich in die Karten gespielt hätte.« Herbert fuhr mit seiner Hand durch die Luft, als ob er mich schlagen wollte. Ich rutschte mit dem Stuhl nach hinten.

»Meine lieben Brüder, wir sollten nicht zu Schnellschüssen neigen, sondern systematisch vorgehen.« Denis war ebenfalls aufgestanden, hatte den Zeigefinger seiner Linken in die Luft gehoben und schaute zuerst Herbert an, dann mich. »Das ist äußerst wichtig bei weitreichenden Entscheiden. Lasst uns die verschiedenen Varianten der Zuteilung sorgfältig auf ihre Vor- und Nachteile sowie ihre Stärken und Schwächen überprüfen. Als Erstes müssen wir für jedes mögliche Besitzer-Firmen-Paar eine Analyse vornehmen und diese bewerten, zum Beispiel mit einer Skala von eins bis zehn. Bei vier Personen und vier Firmen« – Denis zeigte zuerst mit der linken, dann mit der rechten Hand je eine Vier an – »sind sechzehn verschiedene Analysen notwendig. Dann folgen die möglichen Kombinationen, also, wenn ich Firma A nähme, dann könnten Herbert B, Max C und Oli D nehmen oder Herbert C, Max B und Oli D oder Herbert D, Max B und Oli C und so weiter. Insgesamt sind vierundzwanzig Zuteilungen möglich, mathematisch ausgedrückt wird das mit der Formel 4!, ausgesprochen Vier Fakultät; dabei rechnet man 1 mal 2 mal 3 ...«

»Mops, es reicht!«

»Ich darf auch mal was sagen. Nie lasst ihr mich aussprechen. Als Letztes müssen wir für jede der vierundzwanzig Kombinationen die vier Bewertungen addieren – für eine Kombination wären maximal vierzig Punkte möglich. Dann können wir eine Rangliste erstellen und die beste Zuteilung vornehmen.«

»Und damit glaubst du, ans Ziel zu kommen? Ich kann dir genau sagen, was rauskommt bei dieser Art von Analyse: Rang eins: 33,7 Punkte, Rang zwei: 33,5 Punkte, Rang drei und vier: 33,4 Punkte, gleichauf. Und dann wird knallhart entschieden, dank zweier Zehntel Vorsprung, wie im Sport? Nein, mein lieber Mops«,

Herbert machte mit seinem Kopf eine verneinende Bewegung, »dann beginnen die Diskussionen von vorne. War die Bewertung der Schwächen bei der Variante Denis-Frösche richtig? Hätte nicht die Variante Herbert-Elina eine bessere Bewertung bei den Chancen verdient? Selbst nach der sechsten Sitzung und der dritten Zusatzanalyse wird immer noch kein Entscheid gefällt worden sein. Da krieg ich die Krise. So kommt es raus, wenn man unterbeschäftigten und risikoscheuen Beamten das Feld überlässt.«

»Ich bin Wissenschaftler, nicht Beamter.«

»Meinetwegen Wissenschaftler im Staatsdienst.«

»Wie würdest denn du entscheiden? Mit deinem Bauchgefühl? Befragungen haben gezeigt, dass sich viele Manager mehr Daten und Fakten wünschen, um entscheiden zu können. Es geht doch heutzutage darum, dass man Entscheide aufgrund von objektiven Kriterien fällt, faktenbasiert und nachvollziehbar.«

»Du irrst dich, Mops. Das sind entscheidungsscheue Zauderer, die so was sagen. Focus, reduce to the max, speed – darauf kommt es an. Kurzer Blick nach hinten, wo ist die Konkurrenz? Die schläft bekanntlich nicht, und dann vorwärts. Fakten mögen wichtig sein, aber was nützen sie dir, wenn du den Wald vor lauter Bäume nicht mehr siehst? Da halte ich es mit den Falken: Vogelperspektive einnehmen, Übersicht gewinnen und dann pfeilschnell auf die Beute niedersausen. The winner takes it all. So spielt das Leben, Mops.«

»Fakten mögen manchmal überbewertet werden und eine Objektivität vortäuschen, die es gar nicht geben kann«, unterbrach Max die beiden. Er saß immer noch da, regungslos. »Das ist mir nur zu gut in Erinnerung geblieben von meiner Zeit als Analyst. Aber etwas mehr würde ich schon erfahren wollen über die vier Firmen, bevor wir zuteilen. Oli, du hast sicher mehr herausgefunden.«

»Ja, habe ich. Das Gespräch mit Frau Senti war sehr ergiebig. Doch lasst uns erst einen Schluck Wein nehmen. Ich habe einen Primitivo gefunden, der aus derselben Gegend in Norditalien stammt, aus der Vater jeweils Wein nach Hause gebracht hat.«

Ich holte die Flasche und vier Gläser von der Kommode, schenkte ein und setzte mich wieder. Herbert und Denis nahmen ebenfalls Platz, und wir prosteten einander zu.

Dann fuhr ich fort mit dem Bericht über meinen Besuch bei der Willensvollstreckerin von Vater. Ich bemühte mich um eine neutrale Wortwahl, um von meiner Befangenheit abzulenken.

—

»Ich bin etwas irritiert«, sagte ich zu Marta Senti, nachdem sie die vier Firmen aufgezählt hatte. »Das ist wahrlich eine erklärungsbedürftige Mischung. War Vater wenigstens erfolgreich mit diesen Unternehmen?«

»Wie definieren Sie Erfolg? Den Umsatz zu steigern und möglichst viel Gewinn zu erzielen?« Senti machte eine Pause und schaute mich an. »An dieser Art von Erfolg war Ihr Vater nicht interessiert. Geld hatte er genug von seinen früheren Tätigkeiten und den Immobilien, die er und seine Schwester geerbt hatten. Er wollte helfen.«

»Helfen. Wem denn?«

»Den Firmen. Ihren Besitzern. Den Menschen, die von den Produkten profitieren würden. Jede Beteiligung hat eine andere Geschichte. Von welcher Firma möchten Sie zuerst mehr hören?«

»Von der mit den Kriegsspielzeugen. Die ist mir das größte Rätsel. Vater war zwar durchaus technikbegeistert, und er konnte, selbst nachdem wir alle das Elternhaus verlassen hatten, Stunden mit seiner Modelleisenbahn verbringen. Aber Kriegsspiele? Eine Kriegsgurgel war er nicht.«

»Das kann ich verstehen. Es ist diejenige Beteiligung, mit der Ihr Vater selbst am meisten haderte. Aber er hielt sich immer eisern an das, was er versprochen und vereinbart hatte.«

Senti nahm aus ihren Unterlagen dasjenige Mäppchen hervor, das mit FF Toys and Games Company Inc. überschrieben war. Sie überflog es kurz, bevor sie fortfuhr:

»Es war an einem Klassentreffen vor ungefähr fünfzehn Jahren. Sie kennen diese Art von Anlässen. Das große Wiedersehen, vergangene Freundschaften leben auf, man erzählt, erinnert sich, lacht, verklärt, beschönigt und man denkt, man könne dort wieder anknüpfen, wo sich die Wege einst getrennt hatten.

Ihr Vater verbrachte die meiste Zeit des Abends mit Alain, einem Klassenkameraden, mit dem er auch im Fußballverein gespielt hatte. Die beiden hatten zusammen ihr erstes Geld verdient. Sie begannen damit, dass sie ihren Vereinskameraden gegen Bezahlung die Fußballschuhe reinigten und an den Sportkleidern kleinere Reparaturarbeiten vornahmen. Nähen ließen sie ihre Schwestern, aber sie schlugen eine Vermittlungsgebühr drauf. Später übernahmen sie den Einkauf der Vereinsbekleidungen. Sie kümmerten sich um Gestaltung, Materialien, Sponsoren, holten Angebote ein, bestellten, lieferten aus und unterhielten ein kleines Lager. Das machten sie bald auch für andere Vereine aus der Region, und so entstand ihr erstes gemeinsames Geschäft.

Am Klassentreffen erzählte Alain Ihrem Vater, dass er vor einigen Jahren eine Spielzeugfirma gekauft habe und dass es höchste Zeit sei, vermehrt auf Online-Games zu setzen. Die Firma gehöre zu den renommierteren der Branche, soweit man bei dieser Art von Spielen überhaupt von Renommee sprechen könne, doch die Konkurrenz sei groß, und es bestehe die Gefahr, den Einstieg ins Online-Geschäft zu verschlafen. Dafür suche er nun Investoren, und sie könnten doch wie früher gemeinsame Sache machen. Es sei doch eine wunderbare Fügung des Schicksals, dass sie sich ausgerechnet heute wiederträfen. Die beiden hatten wohl einiges getrunken, und so versprach Ihr Vater, ohne lange nachzudenken, dass er mitmachen werde.

Ich war schon damals für Ihren Vater in einem Beratungsmandat tätig. Bereits am Montag nach dem Klassentreffen gingen die Vertragsentwürfe bei mir ein. Ihr Vater fiel aus allen Wolken, als er erfuhr, dass es um Kriegsspiele ging. Ich riet ihm, auf das Geschäft zu verzichten. Er sagte nur, versprochen sei versprochen, und unterschrieb.«

—

»Tatsächlich, die sind dicke drin mit Online-Games«, unterbrach mich Herbert, nachdem er sein Tablet aus seiner Sporttasche geholt und sich wieder an den Tisch gesetzt hatte. Er scrollte durch die Webseite der FF Toys und Games.

»Hier gibt es ein Spiel zur Belagerung von Leningrad im Zweiten Weltkrieg und hier eines zum ersten Golfkrieg zwischen Iran und Irak in den 1980er-Jahren.«

»Zeig mal her!« Max hatte seinen Stuhl zu Herbert gerückt und nach dem Tablet gegriffen.

»Schau, da hat es eine Serie zu Bürgerkriegen: Bürgerkrieg in Griechenland nach dem Zweiten Weltkrieg, in Sri Lanka von 1983 bis 2009, sechsundzwanzig Jahre hat der gedauert, krass, mehr als die Hälfte meines Lebens, oder, weiterhin aktuell, der Krieg im Jemen.«

Max schob die Seite weiter nach oben. »Und hier lassen sich die Spiele nach Dauer der Kriege und nach Anzahl Getöteter, abgeschossener Flugzeuge oder gesprengter Panzer sortieren.«

Er nahm einen Schluck Wein. »Fällt dir etwas auf? Bei diesen Spielen geht es ausschließlich um reale Kriege und Schlachten. Keine fiktiven Shooter-Spiele wie Fortnite, Tiny Tanks oder Combat Strike.«

»Da gibt es sogar Quiz für jene, die es mit dem Schießen nicht so haben.« Herbert hatte das Tablet wieder zu sich gezogen. »Mops, das wäre doch etwas für dich? Du hast doch den Dienst an der Waffe verweigert.«

Denis reagierte nicht. Dafür fuhr Herbert fort:

»Hier haben sie Beispielfragen. Welchen chemischen Kampfstoff setzte Baschar al-Assad gegen seine Bevölkerung ein? A) Phosgen, B) Sarin, C) Senfgas oder D) Blausäure?

Es scheint verschiedene Abonnemente für die Quiz zu geben. Bei einmaliger Zahlung gibt es hundert Fragen. Bei einem Jahres-Abonnement kommen jeden Monat zehn neue Fragen hinzu. Und beim Daily-Deaths-Zusatzabo kannst du bis um neun Uhr morgens einen Tipp abgeben, wie viele Menschen heute in Kriegen getötet werden, zum Beispiel in Mosambik. Je näher du an die richtige Zahl kommst, desto mehr Bonus-Punkte kriegst du. Die kannst du für die Games oder für die Verlängerung des Abonnements einsetzen.«

»Diese Frage ist ebenfalls hoch spannend!« Max fixierte den Bildschirm und hatte den Mund leicht geöffnet. »Welche Verletzung tritt am häufigsten auf, wenn ein Mensch auf eine Landmine tritt? A) Er verliert ein Bein. B) Er verliert beide Beine. C) Er verliert sein Gehör wegen des explosionsartigen Lärms. D) Er verliert sein Augenlicht, weil die Augäpfel der Druckwelle der Explosion nicht standhalten und kollabieren.«

»Und so was macht euch Spaß?« Denis hatte seine Sprache wiedergefunden. Er war aufgestanden und schrie die beiden an: »Was seid ihr zynisch! Stellt euch vor, Sarah wäre hier. Nun gut, von Herbert hätte sie nichts anderes erwartet, aber von dir, Max?«

»Wir sind nicht zynisch«, erwiderte Max und sah Denis ausdruckslos an. »Das haben doch nicht wir geschrieben, das steht so hier im Internet.« Max wandte sich wieder Herbert zu, der immer noch mit dem Finger auf seinem Bildschirm hin- und herfuhr.

»Was für eine kümmerliche Ausrede. Wer solchen Dingen Raum lässt, macht sich zum Komplizen. Das widert mich an.« Denis drehte sich weg und ging zum Fenster. Er schob den Vorhang zur Seite und schaute nach draußen. Sein Atem ging rasch, seine Schultern hoben und senkten sich.

»Oli, erzähl mal weiter. Wir wollen doch nicht, dass unser Brüderchen da drüben«, Max blickte über seine Schulter zum Fenster, »an der harten Realität zerbricht. Lass uns lieber über Frösche und Zwerge sprechen. Was hat Frau Senti zu dieser Firma gesagt? Wie hieß die gleich? Irgendetwas mit kleinen Mädchen?«

»Du meinst die Piccole Chicche – Prodotti per Giardini e Case distinti. Das hat doch nichts mit Mädchen zu tun. Das sind kleine Kostbarkeiten – Produkte für vornehme Gärten und Häuser. La Chicca im Singular, italienisch, die Kostbarkeit im Gegensatz zu la Cicha, spanisch, das Mädchen oder die Kleine.«

—

»Die Piccole Chicche S.p.A.? Ein typisches Beispiel dafür, dass der Zufall das Leben schreibt«, erzählte Marta Senti. Sie hatte mein Fläschchen mit dem Mineralwasser in die Hand genommen, goss etwas Wasser nach und wischte mit einem Tuch den Wasserring trocken, der sich auf dem Tisch gebildet hatte. »Ihr Vater fuhr oft nach Mittel- und Norditalien in die Ferien, früher mit Ihrer Mutter, als es ihr noch besser ging, später allein. Nie in die großen Städte wie Mailand oder Florenz, sondern in die B-Städte: Bologna, Brescia, Padua, Parma.

Es geschah vor rund acht Jahren, als er einige Tage in Prato verbrachte. Er war in einem Mietauto unterwegs und einige Kilometer außerhalb Pratos verlor ein Rad Luft. Er hielt bei einem Firmengelände, dem Gelände der Piccole Chicche S.p.A., das direkt an der Straße lag. Auf dem Vorplatz waren die aktuellen Kollektionen ausgestellt: Rehkitze aus Hartkunststoff mit großen Kulleraugen, aus Zement gefertigte Igel, die ein Willkommen-Schild hochhielten, und Störche, die in ihren Schnäbeln Beutel trugen, in die Primeln gepflanzt waren.

Ihr Vater betrat das Bürogebäude und erkundigte sich am Empfang nach einem Pannendienst. Ob er ein Ersatzrad habe, fragte der ältere, dezent sportlich gekleidete Mann, der eben aus einem Nebenraum gekommen war. Das schon, aber, um ehrlich zu sein, er wisse nicht, wie man an diesem Mietauto ein Rad wechsle, antwortete Ihr Vater. Das sei etwas umständlich mit dem Pannenservice hier außerhalb von Prato, entgegnete der Mann, aber er lasse gleich den Firmenmechaniker rufen, der werde ihm das Rad gerne wechseln. Ob er ihn zu einem Aperitivo einladen dürfe, um die Wartezeit zu überbrücken? Er selbst habe Zeit, es sei schließlich bald Feierabend. Er sei gleich zurück, sagte er und verschwand im Nebenraum. Keine Minute später kam er wieder, in der Hand trug er ein Tablett mit einer Flasche Martini, einer Karaffe Wasser, zwei Gläsern, die mit Eiswürfeln gefüllt waren, und einer rosafarbenen Porzellanschale mit Pistazienkernen.

Die beiden setzten sich an das Tischchen, das unter einer Pinie vor dem Bürogebäude stand. Was ihm denn die Ehre für diese Vorzugsbehandlung verschaffe, wollte Ihr Vater wissen. Ach, er freue sich, dass wieder einmal ein Europäer in seine Firma komme, ohne konkrete Absichten. In letzter Zeit habe er wiederholt Besuch erhalten von chinesischen Geschäftsleuten, die ihm das Leben schwer machten. Er heiße übrigens Vittorio Palestre und sei der Inhaber der Piccole Chicche S.p.A., eines traditionsreichen Betriebs, den er zusammen mit seinem Bruder bereits in der vierten Generation führe.

Dazu muss man wissen«, fuhr Marta Senti fort, während sie ihre Brille mit einem Tuch reinigte, sie wieder aufsetzte, anschließend das Tuch zweimal faltete, auf dem Tisch glatt strich und in einer Schublade versorgte, »dass in und um Prato rund fünfzigtausend Chinesinnen und Chinesen leben. Sie arbeiten in über dreitausend Firmen, die alle im Besitz von Chinesen sind, und stellen vorwiegend Kleider her. Das Geschäft scheint sich zu lohnen. Sie produzieren selbst für große Modeketten. Der Vorteil: Es geht schnell, die Abnehmer müssen nicht auf die Lieferung aus China warten mit all den Unwägbarkeiten bei den Transporten, keine Piraten in der Straße von Malakka, keine quer liegenden Schiffe im Suezkanal, keine Frachterstaus wegen immer neuer Lockdowns. Zudem sind die Preise ähnlich tief, wie wenn die Kleider aus dem Osten kommen. Das alles geht, wenig verwunderlich, auf Kosten der Näherinnen und Fabrikarbeiter, die unter menschenunwürdigen Bedingungen und teilweise illegal hier leben. In vielen alten und ursprünglich verlassenen Produktionsgebäuden, die die Chinesen für die Kleiderproduktion in Beschlag genommen haben, wurden Zwischenstockwerke eingebaut, in denen diese Menschen wohnen und schlafen.

Die Chinesen dominierten den Textilmarkt rund um Prato weitgehend, und nun machten sie sich daran, in weitere Branchen vorzudringen, erzählte Palestre Ihrem Vater weiter. Auch die Piccole Chicche habe bereits mehrere Kaufangebote erhalten. Aber ein Verkauf würde das Ende des Betriebs mit rund siebzig Angestellten bedeuten, da sei er sich sicher. Denn die Chinesen würden den Betrieb nicht weiterführen, die wollten sich lediglich unliebsame Konkurrenz vom Leib schaffen, um ihre eigenen Produktionsstätten zu schützen, die sie derzeit in Prato aufbauten. Sie unterböten seine Preise mit Dumpingangeboten, bis er nicht mehr mithalten könne, und dann kämen sie mit unverschämt tiefen Kaufofferten. Die letzten beiden Jahre seien sie mit der Piccole Chicche noch knapp über die Runden gekommen, aber ihre Eigenmittelreserven seien unterdessen bedrohlich geschrumpft.«

»Da haben sich die beiden Richtigen getroffen«, bemerkte ich und machte einige Notizen, um mich später richtig erinnern zu können.

»Genau, diese Geschichte war wie gemacht für Ihren Vater. Sie löste seinen David-gegen-Goliath-Reflex aus. Ein Schweizer aus dem Mittelthurgau stellt sich gegen das Reich der Mitte!« Senti war aufgestanden und ans Fenster getreten. Sie machte eine ausladende Geste über die Apfelplantage, die sich vor dem Büro der Anwaltskanzlei erstreckte.

»Palestre und Ihr Vater waren sich schnell einig. Bereits am Tag nach seiner Panne kaufte er die Piccole Chicche S.p.A. und gab Palestre umfassende Garantien, dass der Produktionsstandort erhalten blieb und dass die Mitarbeitenden ihre Stelle behalten konnten. Zudem betraute er Vittorio Palestre und dessen Bruder Aldo mit der Geschäftsführung.«

—

»Unser Vater war scheinbar ein vollendeter Menschenfreund und Wohltäter«, bemerkte Max, als ich innegehalten hatte mit meiner Erzählung. »Und was davon ist für uns abgefallen? Nichts, im Gegenteil. Nichts als mürrische Nicht-jetzt-Gesten, wenn wir Rat oder

Trost suchten. Wo blieb seine Fürsorge für uns und für Mutter?« Er stockte einen Moment, schaute auf den Tisch und rieb sich mit der Hand die Nase. »Und für Sarah?«, fügte er kaum hörbar hinzu.

»Das mag alles edel tönen«, meinte Herbert, »aber das ist nichts als hinausgeworfenes Geld.« Er machte eine wegwerfende Handbewegung. »Vater betrieb aussichtslose Strukturerhaltung: Die Palestres und ihre Mitarbeitenden mögen etwas Zeit gewonnen haben, aber die Chinesen sind damit ja nicht weg. Schon bald wird die Piccole Chicche wieder vor denselben Problemen stehen wie vor acht Jahren, als Vater auftauchte. Aber Vater braucht das nicht mehr zu kümmern.«

»Aber denjenigen von uns, der diese Firma erbt«, bemerkte Max.

»Das wäre doch etwas für dich, Herbert«, sagte ich.

»Für mich?«

»Da kannst du beweisen, was du kannst!« Vielleicht würde ich ihn so ködern und von der Elina abhalten können. »Stell dich der Challenge, wir sind gespannt auf deinen Case.«

»Lass das Geschmuse, Griffel. Ich verschwende doch nicht meine wertvolle Zeit – hundertfünfundfünfzig Franken netto kostet meine Arbeitsstunde, hundertfünfundfünfzig! – und mein Managementtalent an eine Angelegenheit von untergeordneter Bedeutung. Da lassen wir besser den Mops ran, da kann er mal den rauen Wind der Privatwirtschaft spüren und etwas fürs Leben lernen.«

Herbert hatte sich erhoben, ging um den Tisch, trat von hinten an den Stuhl von Denis und legte seine Hände auf dessen Schultern. Er lachte laut.

»Sanieren oder liquidieren, mal sehen, was unser Mops draus macht.«

»Mit diesen Produkten will ich nichts zu tun haben«, ereiferte sich Denis und drehte seinen Oberkörper zur Seite, um sich den Händen von Herbert zu entwinden. »Diese Frösche und Rehkitze und was sonst noch rumsteht in den Gärten, das ist reine Umweltverschmutzung. Nach wenigen Jahren landen sie im Müll oder im nächsten Wald. Das sollte man alles verbieten. Da würde niemandem etwas fehlen.«

»Immer alles verbieten, das geht doch nicht, Mops.«

Denis hatte eine eigenartige Sicht auf den Lauf der Dinge, die uns immer wieder vor den Kopf stieß. Umweltzerstörung, Migration, Nationalismus, Despotismus, Nord-Süd-Ungleichgewicht und fehlende Chancengleichheit: Alles lief schief, alles musste geändert werden, um künftigen Generationen eine lebenswerte Welt zu hinterlassen – das war seine Botschaft, mit der er nicht zurückhielt.

Wie er zu diesen Themen gekommen war, blieb schleierhaft. Von uns kamen sie nicht. Es musste begonnen haben, als er achtzehn oder neunzehn war. Der Briefträger brachte immer mehr dieser Mitgliederzeitschriften, auf deren Titelblätter der Ausstieg aus der Kernenergie, das Verbot von Geschäften mit Rüstungsgütern oder mehr Gerechtigkeit für die indigene Bevölkerung in Papua-Neuguinea gefordert wurde. Später studierte Denis Philosophie und Physik und engagierte sich in verschiedenen Lese- und Diskussionszirkeln. Lange war unklar geblieben, was nach dem Studium folgen sollte. Nie hatte er sich überlegt, wie er mit diesen Fächern den Schritt ins Berufsleben schaffen könnte.

Praktikum folgte auf Praktikum, bis er eine Forschungsassistenz am Institut für Meteorologie und Klimatologie erhielt, etwas, das Beruf und persönliche Interessen zu vereinen schien. Wir dachten, dass er nun sein Tummelfeld gefunden habe und dass wir fortan von seinen ausufernden Vorträgen verschont würden. Doch es wurde schlimmer. Jetzt saß er an der Quelle des Wissens, und er zögerte nicht, es mit uns zu teilen. Zu allem stellte er die Systemfrage, rein rhetorisch natürlich, denn für ihn war die Antwort bereits klar: Das kapitalistische System trägt Schuld an den unzähligen Missständen und muss geändert werden.

»Denis, verbieten ist nun wirklich keine Lösung«, ergänzte Max und lächelte süffisant, »denk an die Arbeitsplätze, die liegen dir doch auch am Herzen. Siebzig Menschen verlieren ihren Job, wenn wir diese Firma sausen lassen. Siebzig Väter und Mütter mit ihren Bambini landen auf der Straße.«

»Damit will ich nichts zu tun haben. Stellt euch vor, wie viel Kohlenstoffdioxid allein schon bei der Produktion freigesetzt wird. Ein Kilogramm Zement für diesen Igel, das macht fünfhundertzwanzig Gramm Kohlenstoffdioxid. Und dann? Kaum steht er im Garten, wird der Regen seine Farben auswaschen, Kadmium, Chrom, Zink, alles giftige Schwermetalle, die ins Grundwasser gelangen und in die Bäche geschwemmt werden, wo sie die Fruchtbarkeit der Fische beeinträchtigen. Die Rehkitze aus Kunststoff sind keinen Deut besser. Sobald sie zerfallen, gelangt Mikroplastik in unsere Böden und Gewässer. Da wissen wir noch nicht einmal, welche Schäden das anrichten wird. Nein, das ist nichts für mich.«

»Und die Chinesen, die würden das anders machen? Kein Gramm weniger Schwermetall würden die verwenden in ihren Farben, im Gegenteil.«

Herbert war wieder zu seinem Platz zurückgekehrt, stand aber immer noch. Er drehte seine Handflächen nach außen, bewegte sie in Richtung von Denis und sprach ihn direkt an.

»Mops, das ist doch deine Chance, die Opportunity! Denk mal etwas unternehmerisch. Du könntest eine Ökolinie aufbauen, Farben ohne Schwermetalle oder Recyclingzement einsetzen, und die Zahlungsbereitschaft der Kunden ausnutzen. Die Salesabteilung einer unserer Kunden hat kürzlich eine kleine Marktstudie durchgeführt, einen Internet-Survey, zweitausendsechshundert Teilnehmende. Ich sag dir, unglaublich, wofür die ökologisch und sozial sensibilisierte und politisch korrekt handelnde Mittelschicht ihr Geld rauswirft. Leisten kann sie es sich offensichtlich. Da kannst du diesem Rehkitz ein buntes Ökolabel auf die Stirn kleben und gleich zum doppelten Preis verkaufen.«

»Ökologisch denkende Menschen würden so was nie kaufen!« Denis hatte seinen Zeigefinger erhoben, streckte sich über den Tisch und schwenkte ihn vor dem Gesicht von Herbert hin und her.

Auf der Stirn von Denis glänzte der Schweiß. Er griff in seine Hosentasche. Ein zerknittertes, offensichtlich mehrfach gebrauchtes Papiertaschentuch, eine doppelt gefaltete Hygienemaske, eine zu einer Kugel geformte Aluminiumfolie eines längst verspeisten Schokoriegels, zwei Hustenbonbons und einige Münzen kamen hervor. Er nahm das Taschentuch und wischte sich die Stirn ab.

»Du täuschst dich, Mops. Geh mal an einem Mittwoch um elf Uhr morgens ins Gartencenter eines Großverteilers. Da schleichen sie rum, wenn ihr Nachbar sie nicht sehen kann, weil der im Gegensatz zu ihnen arbeiten muss und nicht im Homeoffice die Daumen drehen kann, und sind auf der Suche nach Biosamen und Biosetzlingen. Plötzlich sticht ihnen dieses Label ins Auge, das auf dem Rehkitz klebt, Ecolinea Star, und sie denken, eigentlich möchte ich wie mein Nachbar auch ein Rehkitz, denn insgeheim bewundern sie ihn für seine Leichtigkeit, mit der er durchs Leben geht, für seine Freude an den kleinen, nutzlosen und umweltschädlichen Dingen, die ihnen selbst verwehrt bleiben, weil sie bei jedem potenziellen Einkauf gleich an den bedrohten Planeten denken müssen, Ökobilanzen durchrechnen und ein schlechtes Gewissen kriegen. Natürlich ist das Ecolinea-Star-Rehkitz nicht in bunten Farben bemalt, sondern in dezenten Naturtönen gehalten, olivgrün, schiefergrau, sandbraun, das kann nicht anders als ökologisch sein, denken sie, und schon landet das Rehkitz im Einkaufswagen.

Fünf Prozent der Mehreinnahmen brauchst du für die neuen Farben, zehn Prozent gibst du den Palestres weiter, fürs Aufkleben des Labels, der Rest bleibt bei dir. Stell dir vor, eine Triple-win-Situation«, Herbert hatte das Wort betont englisch ausgesprochen, »etwas für die Umwelt, etwas für die Palestres mit ihren siebzig Familien da unten und ein angemessener Anteil für dich.«

»Fünfundachtzig Prozent der Mehreinnahmen für mich, das ist Wucher!«

»Wieso? Du lässt dich für deine unternehmerische Weitsicht bezahlen und für das Risiko, das du eingehst. Das rechtfertigt die paar Extraprozente allemal.«

»Das ist doch unmoralisch, so was könnte ich nie verantworten.«

»Noch musst du nichts verantworten«, unterbrach ich Denis, »noch geht es nicht um die Zuteilung. Warte ab, was mir Frau Senti über die beiden anderen Firmen erzählt hat.«

—

»Welcher Zufall hat denn zur Beteiligung an der PLM Chemicals Inc. geführt?«, fragte ich Marta Senti. Sie schaute aus dem Fenster und überlegte einen Moment.

»Hier kann man nicht von einem Zufall sprechen. Seit Ihre Mutter an Depressionen und unter Angstzuständen litt, hat Ihr Vater viel gelesen über die Möglichkeiten, solche Krankheiten zu behandeln und zu heilen.«

»Wir hatten nie den Eindruck, dass er sich um sie und ihre Probleme gekümmert hätte, als sie noch lebte.«

»Es war wohl eine Art Flucht. Er hatte die direkte Auseinandersetzung mit der Krankheit Ihrer Mutter immer gescheut, aber insgeheim hoffte er, eine Lösung zu finden. Das gelang ihm zwar nicht zu Lebzeiten Ihrer Mutter, aber das Thema hat ihn nie mehr losgelassen.

Seit einigen Jahren wird verstärkt daran geforscht, ob und wie man mit LSD und verwandten Substanzen Depressionen und Angstzustände behandeln kann. Man geht davon aus, dass die bewusstseinserweiternden Zustände, die diese Stoffe auslösen, in adäquaten Mengen eingesetzt, Kranken dauerhaft helfen können, und zwar besser als die heute eingesetzten Psychopharmaka.

In einer Reportage, die Ihr Vater las, wurde die PLM Chemicals Inc. vorgestellt, die im Auftrag von medizinischen Forschungsinstitutionen die für die Versuche benötigten Stoffe herstellt und zudem an alternativen Substanzen forscht. Die Geschäftsleiterin, Alicia Stansted, eine Britin, beklagte sich im Beitrag über die vielen Steine, die ihr dabei in den Weg gelegt würden. Da diese Substanzen nach wie vor stark stigmatisiert und umstritten seien, bewege sie sich mit ihrer Firma oft am Rande der Legalität. In den meisten Ländern sei es unmöglich, die Bewilligung zum Bau und Betrieb von Produktionsanlagen zu erhalten. In anderen, wie der Schweiz, wäre es zwar möglich, aber die Lohnkosten seien viel zu hoch.

Ihr Vater nahm Kontakt mit Alicia Stansted auf, um mehr zu erfahren. Kurz darauf traf er sie am Hauptsitz in Birshausen zu einem Gespräch.«

»Wo produziert denn nun die PLM Chemicals Inc. ihre Chemikalien?«, fragte ich Marta Senti.

»In der Nähe von Karjat im Bundesstaat Maharashtra. Das ist knapp hundert Kilometer von Mumbai entfernt, im Landesinnern.«

»In Indien soll das erlaubt sein?«

»Indien zählt weltweit zu den größten Herstellern von Wirkstoffen für Medikamente, unter anderem für Antibiotika und Impfstoffe. Rund siebzig Prozent aller Generika stammen aus Indien. Es gibt Tausende von großen und kleinen Betrieben. Das Land ist riesig und seine Verwaltung schwach. Es fällt nicht auf, wenn noch eine weitere Firma medizinische Wirkstoffe herstellt, legal oder illegal. Das mag mich stören als Anwältin, die vom Nutzen eines funktionierenden Rechtsstaats überzeugt ist, aber was will ich schon machen?

Zudem fährt die PLM Chemicals Inc. zweigleisig: Sie hat drei große Produktionslinien aufgebaut, die Paracetamol produzieren, ein Allerweltmedikament gegen Schmerzen und Fieber, und eine kleine Nebenlinie, die man gegenüber den Behörden als Versuchslinie für Weiterentwicklungen deklariert hat. Dort werden das LSD, das Psilocybin und das MDMA hergestellt.

Stansted erklärte Ihrem Vater, dass genau diese Dualität ihr Problem sei. Der Aufbau der drei produktiven Linien sei mit großen Investitionen verbunden gewesen, die sie aus den Geldern, die sie für die Forschungsarbeiten erhalten hätten, nicht hätten decken können. Man habe mehrere Kredite aufnehmen müssen. Nun seien die Margen für die Herstellung des Paracetamol noch knapper, als sie kalkuliert hätten, und so habe man Mühe, die Kredite zu bedienen und abzuzahlen.

Den Rest können Sie sich vorstellen. Wenige Tage später lagen die Vertragsentwürfe bei mir auf dem Tisch. Erhöhung des Aktienkapitals, vom Verwaltungsrat in Rekordzeit aufgegleist und von den bisherigen Aktionären genehmigt, Bankschulden zu einem großen Teil getilgt, Ihr Vater neu Mehrheitsaktionär mit einundfünfzig Prozent und mit einem Sitz im fünfköpfigen Verwaltungsrat.«

—

»Hat Vater diese Produktionsstätte je gesehen?«, unterbrach mich Herbert.

»Das habe ich selbstverständlich abgeklärt«, entgegnete ich, »Vater hat die Firma äußerst genau unter die Lupe genommen.«

War Herbert ernsthaft an der PLM interessiert? Ich war mir unsicher, da der Vorwurf im Raum lag, dass die PLM Drogen herstellte. Trotzdem musste ich versuchen, die Ungereimtheiten, von denen mir Senti in der Folge erzählt hatte, möglichst beiläufig zu erwähnen und als untergeordnet erscheinen zu lassen.

—

»War unser Vater je in Indien, um die Firma zu besichtigen?«, fragte ich Senti, die das Dossier, das mit PLM beschriftet war, bereits zur Seite geschoben hatte. Sie nahm es nochmals zu sich und blätterte darin.

»Doch, doch, er hat mir ausführlich davon erzählt. In den ersten zwei Jahren, nachdem er die Beteiligung an der Firma erworben hatte, besuchte er lediglich den Hauptsitz in Birshausen. Dort fanden die Sitzungen des Verwaltungsrats statt; der indische Betriebsleiter, der ebenfalls im Verwaltungsrat saß, nahm jeweils per Videoschaltung teil. Vor etwa drei Jahren reiste Ihr Vater erstmals nach Indien. Es klang zwar immer plausibel, was ihm Alicia Stansted und der Betriebsleiter erzählt hatten, aber er wollte sich selbst ein Bild machen. Ihr Vater war es durchaus gewohnt zu reisen, jedoch vorwiegend in Europa und in Amerika. Diese Reise war ein Schock für ihn, wie er mir nach seiner Rückkehr erzählte. Zuerst die Zwanzigmillionen-Metropole Mumbai, gleichzeitig modern und rückständig, ausufernd und chaotisch, aber im Rahmen dessen, was man liest und sieht über asiatische Megastädte. Dann ging die Reise ins Hinterland, zuerst nach Karjat, wo die Straßen noch einigermaßen passabel waren, und dann zwei weitere Stunden in firmeneigenen Jeeps über löchrige und zerfurchte Schotterstraßen. Die Regensaison mit ihrem starken Monsun lag zwar schon einige Wochen zurück, aber die vielen Schäden, die das Wasser hinterlassen hatte, waren noch nicht repariert worden. Einstöckige Hütten säumten den Straßenrand. Sie waren aus Holz und mit Wellblech gedeckt. Davor saßen Frauen und Kinder am Boden und klopften Steine, teils von löchrigen Plastikplanen geschützt, teils direkt der Sonne ausgesetzt. Andere hatten Reiskörner auf großen Stofftüchern zum Trocknen ausgelegt. Die drei Jeeps zogen eine lange Staubwolke hinter sich her, die sich über Reis, Frauen und Kinder legte.

Das Produktionsgelände war durch eine hohe Mauer und einen Stacheldrahtverhau vom Umland abgegrenzt. Das Tor öffnete automatisch, als sich die drei Wagen näherten. Innerhalb der Mauern waren die Wege befestigt, Bäume und Sträucher spendeten Schatten. Die Wagen hielten vor dem Eingang des Produktionsgebäudes. Es schien gerade erst neu gestrichen worden zu sein. Im Innern war es angenehm kühl und klinisch sauber. An den Wänden der Eingangshalle hingen Qualitätszertifikate, Porträts von den Mitarbeitenden des Monats, Fotos von Hilfsprojekten, die die PLM Chemicals Inc. unterstützte, und Sicherheitsinstruktionen in mehreren Sprachen.

Der Betriebsleiter begrüßte Ihren Vater. Es sei ihm eine große Ehre, ihn persönlich kennenzulernen. Er fragte ihn, ob er gut gereist sei. Die Straßen seien wohl gewöhnungsbedürftig gewesen für ihn, der aus einem vorbildlich organisierten Land mit perfekter Infrastruktur komme. Hier in der Fabrik entspreche jedoch alles modernsten Industriestandards, wie er sicher auf Anhieb habe erkennen können.

Ihr Vater erhielt einen Schutzanzug, und der Betriebsleiter führte ihn durch die Produktionshalle mit den drei großen Produktionslinien für das Paracetamol und durch den Nebenraum mit der kleinen Versuchslinie. Hier würde an Weiterentwicklungen für das Paracetamol geforscht und getestet, aber das alles wisse er ja bereits, sagte der Betriebsleiter zu Ihrem Vater. Er sei ihm äußerst dankbar, dass er ihnen über die schwierige Anfangsphase hinweggeholfen habe, allmählich trügen die Investitionen Früchte. Sie seien stolz darauf, derart wichtige Medikamente für den Weltmarkt produzieren und vielen Familien Arbeit geben zu können. Er habe ja auf der Hinfahrt gesehen, in welch ärmlichen Verhältnissen die Menschen hier lebten.

Es war alles so, wie es Ihr Vater von anderen Firmen kannte und wie er es aufgrund der Erzählungen von Stansted erwartet hatte. Trotzdem: Etwas beunruhigte ihn nach diesem Besuch. Seine frühere Arbeit als Ingenieur bei einem Maschinenbauer und seine Erfahrungen in Betriebsbuchhaltungen machten ihn misstrauisch. Ihm war aufgefallen, dass eine Diskrepanz bestand zwischen der Leistungsfähigkeit des Maschinenparks und den Produktionszahlen.«

»Was für eine Diskrepanz?«, fragte ich.

»Die PLM Chemicals muss über wesentlich größere Produktionskapazitäten verfügen, als es die Umsatz- und Verkaufszahlen vermuten lassen. Ihr Vater hat geschätzt, dass mit dem vorhandenen Maschinenpark etwa die eineinhalbfache Menge hätte produziert werden können von dem, was in den Geschäftsberichten ausgewiesen worden war.«

»Hat er das nicht geklärt?«

»Doch. Er sprach Alicia Stansted darauf an, nachdem er in die Schweiz zurückgekehrt war. Da sei er aber äußerst aufmerksam, habe ihn Stansted gelobt. Sie sei überaus glücklich, einen solch kompetenten Geschäftspartner und Investor gefunden zu haben. Gerade in Ländern wie Indien sei es richtig, vorsichtig zu sein, man könne ja nie wissen. Gegenüber diesen Leuten dort sei ein gewisses Misstrauen sicher angebracht, damit man nicht übers Ohr gehauen werde. Doch sie könne ihn beruhigen, alles gehe mit rechten Dingen zu. Man habe nicht nur die Margen für das Paracetamol überschätzt, sondern auch das Absatzpotenzial. Deshalb seien die Maschinen nicht ausgelastet und stünden teilweise still.«

—

»Unglaublich, welche Arroganz diese Stansted gegenüber unseren indischen Mitmenschen an den Tag legt«, unterbrach mich Denis. Er hatte sich mit beiden Händen auf dem Tisch aufgestützt und den Oberkörper nach vorne gestreckt. Sein Bauch quoll über die Tischkante und sein T-Shirt hing in den Salatteller. Man konnte zuschauen, wie sich ein Fettfleck bildete. »Da merkt man, dass die Brit:innen den Verlust ihres Kolonialreichs bis heute nicht verkraftet haben. Das würde ich nie tolerieren, wenn ich Mitbesitzer dieser Firma wäre. Hat Vater nichts unternommen?«

»Mops, wie naiv bist du eigentlich? Diese Stansted hat Vater um den Finger gewickelt.« Herbert streckte seinen Zeigefinger in die Höhe und ließ ihn um seine Achse kreisen. »Die wusste sehr wohl um die Unstimmigkeiten und wollte unbedingt verhindern, dass Vater tiefer bohrte.«

Gerne hätte ich die Erklärung von Stansted im Raum stehen lassen, doch nun blieb mir nichts anderes, als Herbert beizupflichten: »Marta Senti hat sich ähnlich geäußert.«

—

»Ihr Vater und ich waren nie sicher, ob Alicia Stansted die Wahrheit sagte oder nicht. Bei seinem Besuch habe nichts darauf hingedeutet, dass nicht alle Maschinen unter Volllast gestanden hätten, erzählte er mir. Wir vermuteten, dass die PLM Chemicals Inc. die Kapazitäten nutzt, um wesentlich mehr MDMA, LSD und Psilocybin herzustellen, als für die Versuche gebraucht werden, und dass in der Fabrik noch weitere illegale Substanzen produziert werden, von denen nie die Rede gewesen war. Aber Beweise hatten wir keine.« Senti sah mich an, hob ihre Hände und ließ sie wieder auf den Tisch fallen. »Uns waren die Hände gebunden.«

—

»Habe ich doch recht gehabt mit dem Drogenhändler«, unterbrach Denis erneut. »Meine Güte, wie konnte sich Vater auf so etwas einlassen?«

»Das habe ich mich auch gefragt«, sagte ich, »doch Frau Senti gab mir eine durchaus plausible Erklärung für sein Verhalten.«

—

»Gibt es denn keine regelmäßigen staatlichen Kontrollen in Indien? Die hätten so was merken müssen«, fragte ich Marta Senti.

»Wie gesagt, das Produktionsgelände liegt weit außerhalb von Karjat, irgendwo in der Pampa. Da kommen nicht viele Leute hin, und es fällt sofort auf, wenn die Behörden im Anzug sind. Fahren sie in ihren als Steuerbehörde oder Arbeitskontrolle gekennzeichneten Fahrzeugen vorbei, telefoniert ein Bauer, der am Straßenrand Mangos verkauft, und warnt den Betriebsleiter. Damit verdient er sich einige Rupien hinzu. Eine Stunde genügt, um die Produktion zu drosseln und das Psilocybin oder was auch immer gerade hergestellt wird, verschwinden zu lassen.«

Ich war konsterniert. »Aber als Mehrheitsaktionär und Mitglied im Verwaltungsrat muss man doch durchgreifen können!«

Senti zuckte mit den Schultern: »Das hätte man sicher gekonnt. Letztlich waren Ihrem Vater aber andere Dinge wichtiger, in diesem Fall die Aussicht, Menschen helfen zu können, die unter starken Depressionen und Angstzuständen leiden. Er fühlte sich mitverantwortlich an der Krankheit Ihrer Mutter und glaubte vielleicht, sich mit dieser Investition von seiner Schuld loskaufen zu können.«

—

»Das scheint ihm nicht gelungen zu sein«, bemerkte Max in bitterem Ton. »Wieso nur hat Vater immer das Weite gesucht, wenn es um Mutter und ihre Gesundheit ging? Erinnert ihr euch, wie er jeweils nervös an seinen Fingern rumzudrücken begann, wenn wir über Mutter diskutierten und betonten, dass es so nicht weitergehen könne, unvermittelt aufstand, ich muss dann mal sagte, sein beiges Jackett von der Garderobe nahm, seinen Scheitel im Spiegel nachstrich, seine Ledermappe unter den Arm klemmte und ohne weitere Worte verschwand? Hätte er doch mit uns darüber gesprochen, das hätte uns so vieles erspart!« Max hatte sich abgedreht und rieb das Knie, das ihn zu schmerzen schien.

»Das ist wohl Teil seines Dramas«, antwortete ich. »Er fühlte sich machtlos und hat sich von Mutter und von uns abgewendet. Das machte die Sache schlimmer, als sie es hätte sein müssen, für ihn und für uns. Marta Senti hat mir erzählt, wie sehr er an seiner Unfähigkeit gelitten habe, mit der Krankheit seiner Frau umzugehen und sie zu akzeptieren. Stattdessen habe er sich in seine Arbeit gestürzt. Er sei sich bewusst gewesen, dass das falsch sei, und es habe ihm zugesetzt, aber er habe es nicht geschafft, über seinen Schatten zu springen.«

»Frau Senti scheint einen guten Zugang zu Vater gehabt zu haben. Konnte sie ihn denn nicht dazu bringen, sich seinem Problem zu stellen und die Krankheit von Mutter anzunehmen?«, fragte Max. »Das wäre doch für alle eine Erleichterung gewesen, insbesondere, als die schlechten Phasen von Mutter immer länger wurden, als sie stundenlang am Tisch saß, unseren Blicken auswich und unentwegt ihren karierten Rock zurechtstrich oder an den Ärmeln ihrer Bluse herumzupfte.«

»Darauf habe ich sie auch angesprochen. Doch sie hat vehement abgewehrt. Sie sei Wirtschaftsanwältin und keine Therapeutin. Manchmal gebiete es die Höflichkeit gegenüber guten und langjährigen Kunden, sich deren Klagen über private Probleme anzuhören. Aber letztlich müsse sie sich professionell verhalten und sich da raushalten. Außerdem sei das Leben keine Arztserie, in der angesichts des nahenden Todes alle wieder zueinander und zu Frieden fänden. Damit war das Thema für sie erledigt.«

Ich hoffte, dass Max nicht weiter insistierte, und begann, die Salatteller abzuräumen. Denis nahm ein Stück Brot, riss es in zwei Stücke und tunkte hastig den Soßenrest in seinem Teller auf. »Das wäre doch schade um diesen Balsamico«, murmelte er kaum hörbar zwischen zwei Bissen. Herbert hatte sein Smartphone hervorgenommen und beantwortete Chatnachrichten. Ich brachte die Teller in die Küche, stellte sie neben das Spülbecken und kehrte ins Esszimmer zurück.

Jetzt war die Elina an der Reihe, meine Favoritin. Senti hatte sie äußerst rosig dargestellt, was die Begehrlichkeit von Herbert zusätzlich steigern würde. Glücklicherweise gab es da noch einen Joker.

—

»Kommen wir doch zur Elina Beauté SA«, sagte Marta Senti, »ich will nicht unhöflich sein, aber die Zeit wird allmählich knapp.« Sie hatte auf die Uhr geschaut, die an der Wand hing, eine dieser quadratischen Designklassiker, hier aus schwarzem Schiefergestein, die die Zeit in mit Licht hinterlegten Worten anzeigen, it is half past ten. Ich saß tatsächlich seit beinahe zwei Stunden im Sitzungszimmer der Anwaltskanzlei Bischoff, Künzli und Senti.

»Selbstverständlich, was also können Sie über die Elina sagen?«

»Über die Anfänge weiß ich wenig, das muss vor gut zwanzig Jahren gewesen sein, einige Jahre bevor ich für Ihren Vater zu arbeiten begann. Es ging um einen Streit in der Besitzerfamilie, und Céline Chariot, die heutige Geschäftsleiterin, konnte die Elina Beauté SA dank der Hilfe Ihres Vaters aus der Familie lösen.

Ihr Vater hat Céline Chariot und ihre Geschäfte über die Jahre begleitet, es bestand ein großes Vertrauensverhältnis zwischen den beiden. Ihr Vater beriet sie vor allem in Fragen der Geschäfts- und der Finanzführung. Er reiste sicher zweimal jährlich jeweils für mehrere Tage oder gar Wochen nach Paris und in die Bretagne, zudem erstellte er die Jahresabschlüsse. Manchmal erschienen die beiden hier in der Kanzlei, wenn es spezifische rechtliche Fragen zu klären gab. Die Steuerangelegenheiten sind kompliziert, weil die Elina SA unterdessen Verkaufsfilialen innerhalb und außerhalb der Europäischen Union unterhält.

Die Geschäfte liefen stets gut, und selbst als kleine Firma investierte die Elina SA immer wieder in neue Entwicklungen. Die Haut jung, geschmeidig und faltenfrei zu halten, das ist das große Versprechen, mit dem diese Kosmetikfirmen ihr Geld machen. Die Elina testete viele neue Formeln, die in der Forschung eben erst entwickelt worden waren, mit und an ihren Kundinnen. Als kleine Firma konnte sie wagemutiger sein als die Großen – Vichy, L'Oréal, Nivea und wie sie alle heißen. Die müssen sich vor Reputationsschäden und Prozesslawinen fürchten, falls auch nur eine Kleinigkeit schiefgehen sollte. So war die Elina SA eines der ersten Unternehmen überhaupt, die Hyaluronsäure in ihren Produkten einsetzte.«

»Hyula-was?«

»Hy-a-lu-ron-säure. Das ist die Säure, die für den Feuchtigkeitsgehalt der Haut verantwortlich ist. Schauen Sie nie fern? Wie auch immer, Schönheit ist weltweit ein aufstrebender Markt, und Céline Chariot und Ihr Vater hatten sich sogar überlegt, nach Asien zu expandieren. Ich weiß allerdings nicht, wie weit diese Pläne gediehen sind.

Fragen Sie doch Frau Chariot, was aus ihren Absichten geworden ist. Sie ist sehr zugänglich, und Sie können sie jederzeit anrufen, wenn Sie mehr wissen möchten. Ich suche Ihnen gleich die Nummer hervor.«

Senti hatte es jetzt eilig. Sie blätterte hastig in ihrem Elina-Mäppchen und zog einen Zettel hervor, der mit Kontakte Elina Beauté SA überschrieben war. Sie diktierte die Nummer, und ich gab sie in mein Smartphone ein.

»Besten Dank für die Zeit, die Sie sich genommen haben, das ist enorm hilfreich. Ich werde mich wieder bei Ihnen melden, sobald ich mit meinen Brüdern gesprochen habe.«

Ich stand auf und wollte mich verabschieden. Senti blieb sitzen und schaute auf das Dossier, als ob sie noch etwas überlegen würde.

»Eines sollte ich vielleicht noch erwähnen. Die Elina SA ist wirklich eine hervorragend geführte Firma mit einer großen Zukunft, aber«, sie blickte mich kurz an, »aber es scheint da einen dunklen Fleck zu geben.«

»Was für einen?«

»Sie müssen wissen: Die Elina SA besitzt in Vannes, in der Bretagne direkt am Meer, ein eigenes Foto- und Filmstudio, in dem die Werbebilder und -filme für ihre Kosmetika produziert werden. Es geht ein Gerücht um in der Branche, das sagt, dass dort nicht nur Werbefilme gedreht würden, sondern ...«, Senti hüstelte verlegen.

»Sondern was?«

»Wie soll ich es sagen. Sie wissen ja, was ich meine.«

»Nein, ich verstehe nicht, wovon Sie sprechen.«

»Na, wenn die jungen Frauen schon mal da sind.«

»Ein Etablissement?«

»Nein, nicht gerade. Man sagt, dass da auch Erotikfilme gedreht würden.«

—

»Hab ich's doch gewusst«, sagte Max, »es fehlte nur noch die Pornoproduktion in Vaters Portfolio.«

»Griffel, willst du uns reinlegen? Das ist wie in einem schlechten Film«, bemerkte Herbert. Er hatte sein Smartphone wieder in seine Hosentasche gesteckt.

»Es hat halt alles seine zwei Seiten«, wiegelte ich ab, so beiläufig ich konnte. Ich hatte Mühe, mein Grinsen zu verbergen. Ein Geschenk war es gewesen, als Senti das Videostudio erwähnt hatte. Ich war mir sicher, dass sich selbst mein großspuriger Bruder zweimal überlegen würde, ob er die Elina wirklich wollte. In solchen Dingen war er vorsichtig.

»Denis, das wäre doch etwas für dich, dieses Studio«, sagte Max und zog die beiden letzten Worte in die Länge. Er hatte sich gestreckt und schaute von oben auf Denis hinunter. »Das brächte etwas Abwechslung in dein Leben. Tag und Nacht immer nur am Klima rumzudenken und die Unausweichlichkeit der nahenden Apokalypse heraufzubeschwören, das bekommt dir nicht gut.«

»Stellt euch Mops vor, wie er da vorfährt in einem Cabrio, natürlich mit Elektroantrieb, offenes Hemd, den Blick frei auf den käsefarbenen Schwabbelbauch, verspiegelte Pilotenbrille und seine strähnigen Haare.« Herbert hatte den zweitobersten Knopf seines Hemdes geöffnet, gab vor, eine Brille aufzusetzen, und strich mit dem Zeigefinger seine Haare zur Seite. »Zwei Blondinen treten aus dem Studio und lehnen sich gegen die Autotür. Sie legen ihre Arme um den Hals von Denis und kraulen seine Brusthaare. Er steigt aus, sie nehmen ihn in die Mitte, sein Kopf reicht kaum über ihre Schultern. Sie zwinkern sich zu und tätscheln ihn auf die sich abzeichnende Glatze. Dann verschwinden sie im Studio. Ein tolles Intro für einen neuen Film, nicht? Den Rest kann man sich ja denken.«

»Und wie wollen wir den Film nennen?«, fragte Max. »Anna und Tina sorgen für gutes Klima? Oder: Zwei Häschen finden den Kipppunkt des Klimaforschers?«

»Was macht denn die Liebe so, Mops? Gibt's keine Frauen in deinem Klimainstitut? Die Einsamkeit macht dich krank.«

»Ich bin nicht einsam!«, keifte Denis. »Selbst wenn ich allein wohne.«

»Was tust du denn den ganzen Tag?«, doppelte Max mit sanfter Stimme nach. »Erzähl mal, Bruderherzchen. Lass uns teilhaben an deinem Leben.«

»Mein Leben geht euch nichts an. Seit wann interessierst du dich denn für mich? Du hättest es ohnehin am liebsten mit ...«

»Stopp, lasst Sarah aus dem Spiel! Das geht zu weit«, fuhr ich dazwischen.

Max wandte sich mir zu: »Dann schicken wir doch den Oli ins Videostudio.«

»Wieso mich? Ich bin doch glücklich verheiratet und habe Kinder.«

»Eben. Du solltest dich inspirieren lassen für die Sexszenen in deinem nächsten Buch.«

»Super Idee, Max! Die Szenen im letzten Buch von Griffel waren so was von peinlich.«

»Ein Buch ohne erotische Szenen, das geht heute nicht mehr«, belehrte ich meine Brüder.

Herbert war aufgestanden und hatte mein neustes Buch aus dem Bücherregal hervorgeholt, meinen ersten Roman. Es ging um einen neunzehnjährigen Mann, der sein ganzes bisheriges Leben mit Hunden verbracht hatte. Seine Eltern züchteten Golden Retriever, und bereits als Kind hatte er seinen ersten eigenen Hund erhalten. Als dieser starb, bescherte dies dem Jungen die erste Verlusterfahrung und Lebenskrise. Wenige Monate nach dem Tod des Hundes durfte sich der damals Vierzehnjährige aus dem jüngsten Wurf einen neuen Hund auswählen. Mit ihm teilte er in den kommenden Jahren sein Leben, bis er sich zum ersten Mal verliebte. Das führte ihn flugs in seine zweite existenzielle Krise. Denn seine Freundin war allergisch auf Hundehaare, und es wollte dem jungen Mann nicht gelingen, sich zwischen Hund und Freundin zu entscheiden.

Nach kurzem Blättern hatte Herbert gefunden, was er suchte: »Er zündete zwei Kerzen an und ließ Voulez-vous couchez avec moi laufen. Er legte seine Hände auf ihren Hals und fuhr langsam über ihre Schultern und über die Schulterblätter nach unten. Von dort ließ er seine Finger ...« Herbert ließ das Buch sinken. »Nein, echt Griffel, das soll erotisch sein? Spätestens hier hört doch jeder auf zu lesen. Das tönt wie eine Gebrauchsanweisung.«

»Lieber Herbert, das ist ironisch gemeint, aber das merkst du natürlich nicht.«

Herbert lachte laut auf. »Du und Ironie? Das nehme ich dir nicht ab. Besserwisserei und Ironie, das ging noch nie zusammen.«

»Oli, wenn der Leser nicht versteht, was du meinst«, mischte sich Denis ein und hob seinen Zeigefinger, »dann ist nicht der Leser dumm, sondern dann hast du unverständlich geschrieben. Alte Schreibregel, Nummer eins. Regel Nummer zwei«, Denis streckte zusätzlich seinen Mittelfinger in die Höhe, »erkläre nie dem Leser, wie er das Geschriebene zu verstehen hat, sondern schreib es besser.«

»Du bist gerade der Richtige, der das sagt. Bei deinen wissenschaftlichen Papers bin ich noch nie über die erste Seite hinausgekommen.«

»Die Leute, für die meine Texte gedacht sind, verstehen sehr wohl, was ich sagen will.«

»Meine lieben Brüder, was ich noch bemerken wollte, jetzt, da gerade wieder mal jeder jeden belehrt«, Max hatte sich zurückgelehnt und ließ die Finger seiner linken Hand mit einer federnden Bewegung auf dem Tisch auf und ab spazieren, »es gibt nicht nur vierundzwanzig mögliche Varianten, die vier Firmen zu verteilen, sondern fünfundzwanzig.«

»Ausgeschlossen, Max, wie willst du das besser wissen als ich?«, fragte Denis. »Du hast doch immer eine Drei geschrieben in Mathematik. Es sind vierundzwanzig Varianten, ich habe nachgerechnet.«

»Mathematik allein führt nicht immer zur richtigen Lösung. Wir könnten die Firmen verkaufen, das wäre die fünfundzwanzigste Möglichkeit.« Max hatte seine Arme hinter dem Kopf verschränkt und schaute uns der Reihe nach an.

»Das geht nicht«, widersprach Herbert. »Habt ihr das Testament vergessen? Wir würden nur die Hälfte des Erlöses erhalten.«

»So schlecht ist die Idee von Max nicht«, sagte Denis. »Das würde uns das Problem der Zuteilung ersparen. Mir würde die Hälfte genügen.«

»Mir aber nicht. Ich gebe das Geld doch nicht für irgendeinen gemeinnützigen Zweck weg.« Herbert hatte sein Kinn ruckartig nach vorne gestoßen, als er die letzten Worte sprach. »Dieses Geld gehört mir. Punkt.«

»Wieso dir? Du musstest keinen Finger krümmen dafür. Habt ihr gewusst, dass das Vererben von Vermögen dazu führt, dass weltweit immer weniger Menschen immer mehr Geld haben? Das reichste Prozent der Menschen besitzt mehr als dreiundvierzig Prozent der weltweiten Vermögen. Wir laufen Gefahr, von einer demokratischen in eine plutokratische Gesellschaft abzugleiten, in der der neue Geldadel über immer mehr Macht verfügt. Das gefährdet den gesellschaftlichen Zusammenhalt, wie hinlänglich bekannt ist.«

»Das ist sehr ehrenvoll, Mops, dass du dich für mehr Verteilgerechtigkeit einsetzt, aber ich verstehe dein Problem nicht. Bei uns geht das Vermögen von einer Person, Vater, auf vier Personen über ...«

»Fünf! Du hast Sarah vergessen.«

»... auf vier Personen über. Hier wird verteilt, nicht konzentriert. Das ist doch ganz in deinem Sinn.«

»So kann man doch nicht rechnen. Ginge ein Teil des Geldes an einen gemeinnützigen Zweck, profitierten noch mehr Menschen davon.«

»Was macht dich so sicher?«, fragte Max. »Vielleicht wollte Vater sein Geld für bedrohte Meerschildkröten oder für den Erhalt baufälliger, aber denkmalgeschützter Gebäude spenden. Wissen wir, ob Vater an einen bestimmten Zweck oder gar an eine spezifische Organisation gedacht hat?«

»Ja, ich habe Frau Senti gefragt«, antwortete ich. »Vater hatte eine konkrete Organisation im Auge, sie nennt sich Vereinigung zur Förderung des Verständnisses für die natürliche Vielfalt in der Bevölkerung.«

»Das Verständnis für die natürliche Vielfalt fördern? Das ist doch super!«, rief Denis und klatschte mit den Händen. »Ich habe gar nicht gewusst, dass sich Vater für die Natur interessierte. Das Einzige, woran ich mich erinnere, ist diese Fliegenklatsche. Wisst ihr noch? Vater hatte sie, wenn wir zu Tisch saßen, neben sein Messer gelegt, dorthin, wo bei uns der Suppenlöffel lag. Setzte sich eine Fliege auf den Tisch, schlug er erbarmungslos zu und wischte die Überreste vom Tisch auf den Boden. Blieben sie in der Klatsche kleben, kratzte er sie mit dem Nagel seines kleinen Fingers weg und wischte sie am Tischtuch ab. Dann aß er weiter, als ob nichts gewesen wäre.«

Denis schüttelte angewidert den Kopf, machte eine kurze Pause und fuhr fort.

»Die Menschen haben keine Ahnung davon, was Natur ist und wie sie funktioniert. Natur ist viel mehr als grüne Alpweiden und blaue Bergseen, und wir Menschen sind nur ein kleiner, bescheidener Teil davon. Wir meinen, die Natur beliebig nach unseren Wünschen formen zu können, und glauben, unbegrenzt anpassungsfähig zu sein, dabei ist das Gegenteil der Fall.« Denis hatte sich erhoben und eine dozentenhafte Haltung eingenommen. »Kein Wunder, dass wir kurz vor dem Kollaps stehen. Es ist dringend nötig, dass die Menschen da draußen« – von denen er sich selbstredend abhob – »die Zusammenhänge in der Natur und die Gesetzmäßigkeiten der Evolution besser verstehen. Nur so können wir wieder zu einem harmonischen Verhältnis mit der Natur finden und ihr mit Demut begegnen.«

Dann sprach uns Denis direkt an: »Das wäre doch was! Lasst uns die vier Firmen verkaufen und den Erlös dieser Gesellschaft spenden!«

»Denis, leider muss ich dich enttäuschen, bei dieser Vereinigung geht es nicht um die Vielfalt in der Natur allgemein, sondern um die natürliche Vielfalt in der Bevölkerung.« Die drei letzten Worte hatte ich hervorgehoben. »Es geht ausschließlich um Menschen.«

Denis schaute irritiert. »Um welche genau? Um dunkelhäutige und hellhäutige Menschen?«

»Nein. Schätzungsweise bis zu acht Prozent aller Menschen fühlen sich nicht eindeutig einem Geschlecht zugehörig. Zudem gibt es Individuen, die sich aufgrund der Ausbildung ihrer körperlichen Merkmale nicht eindeutig einem der beiden biologischen Geschlechter zuordnen lassen. Diesen Menschen fällt es meist schwer, ihre wirkliche Identität zu akzeptieren und in einer Gesellschaft zu leben, für die es nur Männlich oder Weiblich gibt. Diese Vereinigung hat zum Ziel, die Öffentlichkeit über diese Varianten der Natur aufzuklären und Verständnis für sie zu schaffen.«

»Ach was, die sind doch alle auf dem Egotrip«, warf Herbert mit einer herablassenden Handbewegung ein. »Wenn du nichts anderes hast, womit du Aufmerksamkeit erregen kannst, dann bist du bi oder trans. Früher gab es das auch nicht. Vor einigen Jahren waren es die Burn-outs, die zunahmen, jetzt sollen sich immer mehr Menschen nicht mehr eindeutig weiblich oder eindeutig männlich fühlen. Ein reines Wohlstandsphänomen.«

»Null und eins, und dazwischen nichts? Herbert, die Natur funktioniert nicht so einfach wie deine Informatik.« Denis bekam glänzende Augen. »Die Natur ist grenzenlos vielfältig und kennt kein Maß. Es gibt unendlich viele Varianten und Abweichungen von dem, was wir als normal bezeichnen, allein aus dem Bedürfnis heraus, die Dinge zu schubladisieren und zu kategorisieren, weil uns die Komplexität des Ganzen überfordert. Kennst du den Clownfisch? Der kann wie auf Knopfdruck sein Geschlecht ändern. Oder die Kaukasische Feldeidechse? Bei ihr gibt es keine Männchen, und trotzdem kann sie sich fortpflanzen. Noch bunter treibt es der Gemeine Spaltblättling, ein Pilz. Von ihm ...«

»Wirklich interessant, Mops, was es da alles geben soll. Immerhin, diese Kreaturen kosten niemanden etwas. Wenn ich nur schon daran denke, dass ich mit meinen Krankenkassenprämien Geschlechtsumwandlungen mitfinanziere. Da soll ich zusätzlich Geld an diese Vereinigung spenden? Dann doch lieber für die Krebsforschung, da profitiere ich vielleicht eines Tages selbst davon.«

»Ich bin noch nicht zu Ende. Vom Gemeinen Spaltblättling kennen wir dreiundzwanzigtausenddreihundertachtundzwanzig verschiedene Kreuzungstypen. Frag mich bloß nicht, wie man diese Zahl bestimmt hat, ich weiß es nicht. Nun, jeden dieser Kreuzungstypen kann man als eigenes Geschlecht deuten. Da erstaunt es doch nicht, dass es selbst bei den Menschen mehr als Mann und Frau gibt.«

»Das kann nur dir in den Sinn kommen, uns Menschen mit Pilzen zu vergleichen. Das hat doch nichts miteinander zu tun.«

»Mehr als du denkst. Sie breiten sich überall aus, wie wir auch.«

»Die Pilze können nicht einmal denken, im Gegensatz zu uns.«

»Was in diesem Fall wohl eher für die Pilze spricht.«

»Schon gut, Mops, lass es jetzt gut sein mit deinen queren Vergleichen. Bei uns zu Hause, bei meiner Frau und meinen Kindern, sind die Verhältnisse glücklicherweise klar. Da gibt es keine Varianten und Abnormitäten.«

»Wie praktisch. Damit ist auch jederzeit klar, wer hinter dem Herd zu stehen hat.«

Die Küchenuhr schrillte.

»Welch ein Zufall, der Herd ruft!« Ich ließ die drei weiterdiskutieren und verschwand in der Küche. Nach einigen Minuten kam ich mit der Auflaufform zurück und stellte sie auf den Tisch. Meine Brille hatte sich mit Dampf beschlagen. Ich trocknete sie mit der Serviette, ging zur Kommode und nahm einen Schöpflöffel aus der obersten Schublade.

Denis verteilte die Teller, die bereits auf dem Tisch standen. »Was gibt es?«, fragte er und wedelte sich die Luft zu, die über der Schüssel aufstieg.

Ich kehrte zurück und begann zu schöpfen. »Auflauf nach Tante Emmis Art. Könnt ihr euch noch an sie erinnern? Es gab immer etwas aus dem Ofen, wenn wir sie mit unseren Eltern besuchten.«

»Da hat es sicher Fleisch drin.«

»Stopp, Denis! Keine Diskussionen übers Essen.« Ich setzte den Schöpflöffel ab. »Ich möchte dich daran erinnern, dass wir bei unserem letzten Treffen vor zwei Jahren das Thema Essen zur kampffreien Zone erklärt haben. Es genügt, wenn wir uns über alles andere streiten. Zudem ist über das moderne Essen – oder sollte man eher von garantiert unschädlicher und genussbefreiter Nahrungsaufnahme sprechen? – schon alles gesagt und geschrieben worden, was es zu sagen und zu schreiben gibt.«

»Ich habe gedacht, falls Sarah kommt. Für sie wäre es wichtig zu wissen, was im Auflauf ist.«

»Dann könnte sie das selbst fragen. Auf die Masche fallen wir nicht rein: Sarah vorzuschieben, wenn du selbst nicht ans Ziel kommst.«

Wir aßen. Denis stocherte im Auflauf und schob zur Seite, was er glaubte, als Fleisch identifiziert zu haben.

»Es wäre schon schön, wenn Sarah käme«, sagte Max nach einer Weile. »Sie liebte die Gerichte von Tante Emmi, den klassischen Kartoffelauflauf, die griechische Moussaka oder den Fischgratin, sie waren immer mit einer knusprigen Käsekruste überbacken, und Sarah löste sie mit dem Messer und verdrückte sie als Erstes. Und am Ende stritt sie sich mit Denis darum, wer die gerösteten Reste aus der Form kratzen durfte.« Max atmete tief durch. »Sie könnte für etwas Harmonie sorgen, unsere Sarah. Die Stimmung hier ist kaum auszuhalten.«

»Herd und Harmonie, die edlen Aufgaben der Frau. So einfach stellt ihr euch das Leben vor«, sagte Denis. »Was jetzt, wo keine da ist? Keine Angst, die Wissenschaft hält gute Nachrichten bereit: Auch Männer sind zu Harmonie und Mitgefühl fähig. Das kann Mann lernen, wenn Mann will.«

Wir aßen weiter. Nach einigen Minuten schaute ich auf die Uhr. Es war schon halb neun, höchste Zeit, vorwärtszumachen. Den Ball flach halten, die nächsten Informationen möglichst en passant geben, das würde jetzt besonders wichtig sein.

»Es gibt noch mehr Informationen zur Piccole Chicche S.p.A. Marta Senti hatte mir empfohlen, mit den einzelnen Unternehmen Kontakt aufzunehmen.« Ich war aufgestanden und hatte die Weinflasche in die Hand genommen. »Wer möchte noch ein Glas?« Ohne eine Antwort abzuwarten, ging ich um den Tisch und schenkte nach, meinen Brüdern etwas mehr als mir. »Der Zufall wollte es, dass ich eine Woche nach dem Gespräch für ein verlängertes Wochenende mit Helga nach Mailand fuhr. Da beschloss ich, gleich weiter in die Toskana nach Prato zu reisen, um mir ein Bild von der Piccole Chicche zu machen.« Ich stellte die Flasche auf den Tisch und setzte mich wieder.

Herbert sprang auf und schnauzte mich an: »Was hast du gemacht? Du warst bei einer der Firmen, ohne uns zu informieren?«

Ich hob meine Hände beschwichtigend. »Ich hatte euch eine E-Mail geschrieben und darin über meine nächsten Schritte informiert. Denis und Max haben ihr Einverständnis signalisiert. Nur von dir habe ich nichts gehört.«

»Eine Mail? Griffel, ich erhalte Dutzende von Messages jeden Tag. Die muss meinem PA, meinem Personal Assistant, entgangen sein. Den werde ich mir vorknöpfen.« Herbert hatte die Hände in die Hüften gestemmt. »Ihr zwei da, sagt mal, stimmt das mit der Mail?«

Denis und Max nickten. Herbert machte eine kaum merkliche Kopfbewegung in meine Richtung.

»Und da habt ihr den da einfach ziehen lassen?«

»Ja«, antwortete Denis, »ich war eben erst von dieser Konferenz zurückgekehrt, und wir mussten dringend die Tagungsberichte verfassen, um anschließend die Finanzierungseingaben für die neue Projektphase vorbereiten zu können. Die haben feste Termine, zweimal pro Jahr, da kannst du nicht kommen, wann es dir beliebt.«

»Das musst du mir nicht erklären mit den fixen Terminen, ich habe jeden Monat Dutzende von Milestones und Deadlines. Und du, Max?«

»Ich wäre ja gerne mitgegangen, aber wie du weißt, die Sache mit meinem Knie, die ist äußerst heikel.« Max hatte sein Knie in die Höhe gehoben und verzog seinen Mund zu einem gequälten Lächeln. »Wie schon letztes Mal kam es zu einer Entzündung und einer Schwellung entlang der Operationsnähte, und ich musste jeden zweiten Tag zur Wundreinigung zum Arzt. Er hat mir dringend empfohlen, eine weitere Woche zu Hause zu bleiben und mein Knie zu schonen.«

»Da hat Max sicher richtig entschieden, er sollte keinerlei Risiken mehr eingehen mit seinem Knie«, pflichtete ich ihm bei.

»Ach was, der hat sich eine geschlagene Woche in seinem Selbstmitleid gesuhlt, statt dir auf die Finger zu schauen.«

»Du bist der Letzte, der mir hier etwas vorzuwerfen hat«, wehrte sich Max. »Du schaffst es nicht einmal, deine Mails zu lesen. Oli, mach mal weiter.«

Bis jetzt lief alles nach Plan. Den Aufschrei hatte ich nicht verhindern können, aber im Übrigen hatte Herbert reagiert wie vorhergesehen. Natürlich hatte ich ihm die Mail nie geschickt. Ich erzählte meinen Brüdern von meiner Reise in die Toskana.

—

Ich fuhr mit dem Zug nach Prato und mietete am Bahnhof ein Auto. Es regnete in Strömen. Ich verließ Prato nordwärts und nahm die Straße nach Vaiano. Bereits nach zehn Minuten tauchte am rechten Straßenrand die Piccole Chicche S.p.A. auf. Ich hatte einen Termin vereinbart mit Aldo Palestre.

Am Empfang hieß man mich, in den zweiten Stock zu gehen, das Büro von Palestre befinde sich links am Ende des Korridors. Aldo Palestre, Direttore artistico, stand in Goldprägung auf dem Schild neben der Türe.

Ich klopfte und trat ein. Palestre saß an einem großen, dunklen Tisch und war über eine Skizze gebeugt. Er fügte zwei Striche an und legte den Stift zur Seite, bevor er sich erhob.

»Kommen Sie doch herein, Signore Oliviero, ich darf doch so sagen?« Er lehnte sich über den Tisch und reichte mir die Hand. »Es freut mich sehr, Sie bei uns begrüßen zu dürfen. Ihr Vater war zweimal jährlich hier, bei meinem Bruder und mir. Was für ein großartiger Mensch er doch war, wir sind tief bestürzt über seinen Tod«, er umschloss meine Hand mit beiden Händen und drückte fest zu, »stets zuvorkommend, höflich, hilfsbereit, aber nie aufdringlich, wahrlich ein Mann von Welt. Nun sind wir sehr glücklich, unseren neuen Besitzer kennenzulernen. Nehmen Sie doch den Stuhl und setzen Sie sich.« Er hatte meine Hand losgelassen und zeigte auf einen gepolsterten Sessel mit abgegriffenen Armlehnen, der an der Wand stand. Ich schob ihn zum Tisch und ließ mich nieder.

»Auch ich freue mich, Sie persönlich kennenzulernen. Ob ich tatsächlich der neue Besitzer werde, weiß ich allerdings noch nicht. Die Wahl könnte ebenso gut auf einen meiner drei Brüder fallen.«

Ich schaute mich im Raum um. Auf dem Tisch lagen Skizzen, kreuz und quer verteilt, manche koloriert, viele mit feinem Bleistiftstrich gezeichnet. An den Wänden standen Vitrinen mit den Produkten der Piccole Chicche S.p.A. Hunde, Katzen, Schildkröten, Rehkitze. Sie waren säuberlich geordnet nach Jahr. Es begann mit 1983 und stieg an bis heute. Die noch älteren Objekte hatten offensichtlich keinen Platz gefunden.

Palestre fügte seiner Skizze einige weitere Striche hinzu. Es handelte sich um eine Flamingo-Familie. Er schaute auf: »Gefällt sie Ihnen?«

Ich zögerte.

»Signore Oliviero, Sie brauchen nicht zu antworten. Ich weiß, was Sie denken. Ich kenne diesen mitleidigen Blick. Sie rümpfen die Nase, wenn Sie sich das hier anschauen.« Palestre zeigte auf die Vitrinen.

»Was sind Sie von Beruf? Schriftsteller, hat man mir gesagt. Wovon träumen Sie? Davon, berühmt zu werden?«

»Jeder Schriftsteller möchte berühmt werden.«

Palestre hob die Augenbrauen.

»Haben Sie schon Preise gewonnen?«

»Kürzlich habe ich einen Anerkennungspreis für eine besonders vielschichtige Mensch-Hund-Erzählung erhalten, von der Akademie für Tierpsychologie und

Tiernaturheilkunde. Nicht nur die menschliche Psyche profitiert von harmonischen Mensch-Tier-Beziehungen, auf die tierische trifft dasselbe zu.«

»Wie viele Exemplare haben Sie von Ihrem neuesten Buch verkauft?«

»Zweitausendachthundert.«

»Zweitausendachthundert.« Palestre zog das Wort in die Länge und betonte jede Silbe einzeln. »Aha.«

»Das war Ende des letzten Quartals, jetzt werden es einige mehr sein«, schob ich schnell nach. »Für die Schweiz sind dreitausend schon beachtlich, das schafft nicht jeder.«

»Schauen Sie sich diesen Hund an, Signore Oliviero. Das ist der Cane aureus, der goldene Hund.«

Aldo Palestre ging zur Vitrine, die mit 2014 überschrieben war. Er zeigte auf einen Hund aus Porzellan. Er war rund fünfzehn Zentimeter groß und hatte goldene Ohren und Pfoten. Im Übrigen war er rosarot, das Gesicht gelb.

»Den Cane aureus haben wir bis heute einhundertzwanzigtausend Mal produziert und verkauft. Vor allem in Südfrankreich und Spanien ist er sehr beliebt, wo er in vielen dieser lichtdurchfluteten Wohnzimmern mit Sicht auf das Meer steht, weshalb wir ihn weiterhin im Sortiment haben, schon fast ein Evergreen. Oder hier«, Palestre ging zur Vitrine aus dem vorletzten Jahr, »sehen Sie diesen Frosch?«

Er zeigte auf einen Frosch, der aufrecht stand und ein gelbes Mäntelchen mit einer gelben Mütze trug. Er glich den Fischern in ihren gelben Öljacken, nur dass eben ein Frosch und nicht ein Mensch unter der Mütze hervorguckte.

»Dieser Frosch ging besonders gut in Finnland und in Kanada. Mit etwas Glück werden wir Ende Jahr fünfhunderttausend Exemplare abgesetzt haben.«

Er machte eine kurze Pause, bevor er weiterfuhr:

»Signore Oliviero, ich werde nie einen Design-Preis gewinnen. Ich werde nie zum Artdirector des Jahres gewählt werden, und berühmt werde ich erst recht nie. Aber ich weiß, dass ich Hunderttausende von Menschen glücklich mache mit unseren Hunden und Fröschen. Was will ich mehr?«

Bevor ich etwas entgegnen konnte, sprach er weiter. »Natürlich habe auch ich Wünsche, Signore Oliviero. Wir sind in großer Sorge, seit Ihr Vater gestorben ist. Das Leben unserer ganzen Familie ist eng verflochten mit der Firma. Wir haben bis heute nie etwas gehört von unseren neuen Besitzern, von Ihnen und Ihren Brüdern. Da war nur immer Frau Senti, Ihre Anwältin, die uns vertröstet hat. Wir wissen nicht, was Sie wollen. Werden Sie das Geschäft behalten? Oder es nach China verkaufen? Der Betrieb läuft nicht schlecht zurzeit, aber der Druck der Konkurrenz bleibt groß. Wir hoffen sehr, dass Ihre Familie einen weisen Entscheid fällt über die Zukunft der Piccole Chicche S.p.A. Kommen Sie mit, ich zeige Ihnen, wie wir unsere kleinen Kostbarkeiten herstellen.«

Wir verließen das Bürogebäude und betraten eine Produktionshalle. Es war laut, und Palestre reichte mir einen Gehörschutz. Er schrie: »Das ist das alte Gebäude, wir haben es vor rund vierzig Jahren in Betrieb genommen. Hier arbeiten wir mit mineralischen Rohstoffen und stellen Figuren aus Kunststein oder aus Keramik her. Da drüben«, wir gingen ans Ende der Halle, wo es sehr warm war, »wird gerade eine Serie des Cane aureus gebrannt. Das dauert die ganze Nacht über, und morgen werden wir zweihundert neue Hunde produziert haben. Nächstes Jahr möchten wir den Ofen ersetzen und auf Elektrobetrieb umstellen.«

Wir traten ins Freie und gingen zum nächsten Gebäude. Es war offensichtlich erst kürzlich erstellt worden. Wir betraten das Gebäude. Im Vorraum zur Produktionshalle waren einige Stücke der aktuellen Kollektion ausgestellt.

»Seit einigen Jahren produzieren wir auch mit Kunststoffen«, erklärte Palestre. »Das ist eine Konzession an die Zeit. Man kann wesentlich günstiger produzieren. Natürlich ist es nicht dasselbe.«

Palestre hatte eine Schnecke in die Hand genommen. Ihr Häuschen war rot gefärbt und mit ihren beiden Fühlern trug sie ein Welcome-back-home-Schild. Er betrachtete sie mit einem kaum merklichen Kopfschütteln.

»Was wollen Sie schon? Die Leute lieben das.«

Schmelzen, einfärben, gießen, abkühlen, die zwei Hälften der Schnecke zusammenfügen, lackieren, Schild aufsetzen und verkleben – Palestre zeigte mir die verschiedenen Schritte der Produktion. Abgesehen vom Kleben der zwei Hälften und vom Aufsetzen des Schildes lief alles automatisch ab. Nach einer halben Stunde traten wir wieder ins Freie.

»Jetzt haben Sie einen Eindruck unseres Reichs gewonnen, Signore Oliviero. Wir hoffen sehr, dass Sie unser Geschäft in Sinne Ihres Vaters weiterführen werden.«

Er reichte mir seine Hand zum Abschied.

»An was schreiben Sie zurzeit?«

»An einem Roman über vier Brüder und deren Schwester. Sie haben wichtige familiäre Angelegenheiten zu klären und geraten sich darüber in die Haare.«

»Alltagsgeschichten also. Sicher eine autobiografische Erzählung.«

»Nein, nicht wirklich.«

»Also doch. Lassen Sie mich raten. Jeder Ihrer Brüder hat eine Macke ab, und Sie sind der Vernünftige, der alles zusammenhält. Die Hoffnungen der Familie ruhen auf Ihnen.«

»Es ist keine einfache Sache, wie Sie sich denken können.«

»Schicken Sie mir ein Exemplar, wenn das Buch fertig ist.«

»Das würde ich gerne, aber es wird kaum eine italienische Übersetzung geben.«

Palestre lächelte. »Wie gut ich es doch habe. Für meine Hunde und Frösche braucht es keine Übersetzung. Die versteht jeder.«

—

»Was, Oli, du schreibst ein Buch über uns?« Denis ließ Gabel und Messer sinken und schaute mich entgeistert an.

»Nein, nein, das habe ich aus einer Eingebung heraus gesagt. Small Talk. Ich musste doch etwas sagen.«

»Untersteh dich, Griffel. Wenn du nur ein abfälliges Wort über mich schreibst, kriegst du es mit mir zu tun. Dann wirst du dich wehmütig an solch harmonische Abende wie den heutigen erinnern.«

»Ich sehe das Buch schon vor mir: Eine Familiengeschichte mit einem alltagsuntauglichen Weltverbesserer, einem geldgierigen Manager und mit mir als gescheitertem Zyniker.« Max breitete seine Arme aus, als ob er predigte. »Und über allem schwebt unantastbar der edle Schriftsteller und Liebling der Familie, der alles in die richtigen Bahnen lenkt.«

»Immerhin wird es im Buch über unsere Familie keine Sexszenen geben«, meinte Denis.

»Was macht dich so sicher?«, fragte Herbert und schob ein Stück Auflauf auf seine Gabel. »Hast du schon vergessen, wie sich Vater nach dem Nachtessen jeweils in den Keller begab, sagte, dass er weitermache an seiner Modelleisenbahn, das Automatikprogramm einschaltete und die Züge ihre Runden drehen ließ, dann durch die Hintertüre hinaus ins Gartenhäuschen schlich und mit …«

»Das kann nicht stimmen, da war Mutter schon lange krank«, wandte Max ein.

»Es war ja nicht Mutter, die dort wartete, sondern …«

»Nein, das stimmt nicht!« Max Stimme überschlug sich. »Du lügst.«

»Nur weil du dich gerne selbst mit ihr getroffen hättest, heißt das nicht, dass es unwahr ist.«

Mein Telefon läutete.

»Vielleicht ist das Sarah«, bemerkte Herbert, »dann kann sie gleich selbst sagen, was im Gartenhäuschen geschah.«

Ich ging zur Kommode, schaute auf das Display und nahm an.

»Schpatz, bisch du's? Ist der Film schon zu Ende? Ja, geh doch was trinken mit Barbara. Doch, doch, wir kommen voran. Wir stehen kurz vor der Einigung.«

Ich legte auf, wandte mich meinen Brüdern zu und fragte, wer noch etwas Auflauf wolle. Alle nickten. Ich verteilte, was noch übrig geblieben war, und stellte die leere Schüssel auf die Kommode.

»Was hast du zusätzlich herausgefunden über diese Kriegsspielefirma?«, fragte Max zwischen zwei Bissen.

»Das ist eine harzige Sache.« Viel zu beschönigen gab es nicht bei der FF Toys and Games, selbst wenn es mir gelegen gekommen wäre. »Von Frau Senti hatte ich die Adresse erhalten, über die ich Kontakt aufnehmen könne, office@fftg.ro.«

»Das ist ja eine rumänische Adresse.«

»Stell dir vor, Max, auch die haben E-Mail.«

»So war es doch nicht gemeint. Was hat denn diese Firma mit Rumänien zu tun?«

»Das fragte ich mich auch. Zuerst dachte ich, die Mail-Adresse sei falsch. Ich hatte eine Mail geschrieben und um Kontaktaufnahme gebeten. Als mehr als zehn Tage lang nichts geschah, rief ich Frau Senti an und erkundigte mich, ob sie sich vielleicht in der Adresse getäuscht habe. Nein, die Adresse sei richtig, antwortete sie. Dieser Schulkollege von Vater sei vor einigen Jahren nach Rumänien gezogen, wo seine Frau herkomme. Seither hätten unser Vater und sein Freund kaum noch Kontakt gehabt. Die finanziellen Zwischenberichte seien jedoch pünktlich alle drei Monate eingetroffen, ebenso die Jahresberichte. Im Umfang seien sie zwar eher dürftig ausgefallen, aber immer in Ordnung gewesen, soweit sie das habe beurteilen können. Senti riet mir noch zu einigen Tagen Geduld, auch sie habe oft erst nach zwei oder drei Wochen Antwort erhalten auf ihre Fragen.«

»Und jetzt?«

»Letze Woche kam tatsächlich eine Antwort, ganz kurz: Hello Sir, nice to hear from you. Will come to Switzerland later in month. Ready to meet you. Need more money for new games. No worry, good investment ☺. ROI 8.5 % ☺☺. Greetings Tiberiu.«

»Wer ist dieser Tiberiu?«, fragte Herbert und trommelte mit den Fingern auf den Tisch. »Ich dachte, der Schulkollege von Vater heiße Alain.«

»Ich telefonierte sofort mit Frau Senti, nachdem ich die Mail erhalten hatte. Sie entschuldigte sich in aller Form, das sei ihr äußerst peinlich, das sei beim letzten Telefonat untergegangen. Sie sei gerade damit beschäftigt gewesen, ein Plädoyer für einen wichtigen Prozess vorzubereiten. Sie habe den Kopf nicht bei der Sache gehabt und habe vergessen, mich über die neuesten Entwicklungen bei der FF Toys und Games Company Inc. zu informieren. Alain, der Freund von Vater, habe sich vor zwei Jahren aus der Firma zurückgezogen und seine Beteiligungen zwei Bekannten seiner Frau verkauft. Einer davon sei dieser Tiberiu.«

»Und Vater? Hat er nicht versucht, seine Anteile ebenfalls zu verkaufen? Jetzt, wo dieser Alain weg ist, gibt es keinen Grund mehr, in diese Firma investiert zu bleiben.«

»Das scheint nicht ganz einfach zu sein. Zuerst wollte er seine Anteile ebenfalls diesem Tiberiu verkaufen. Doch der habe abgewinkt, wie mir Senti erzählte, mehr könne er zurzeit nicht investieren. Dann haben Vater und Senti versucht, in der Schweiz einen neuen Investor zu finden. Bis anhin vergeblich. Niemand wolle sich mit den Rumänen einlassen. Zigeuner, Mafia, all die Vorurteile.«

Herbert schüttelte ungläubig den Kopf. »Jetzt sei mal ehrlich, Griffel. Existiert diese Firma überhaupt? Und woher kam diese E-Mail tatsächlich? Hast du dir den Absender genau angesehen? Die stammt doch nicht aus Rumänien, sondern aus Nigeria.«

»Was soll die FF Toys and Games mit Nigeria zu tun haben?«, fragte Denis.

»Du kapierst genau so wenig wie Griffel!« Herbert schlug sich mit der flachen Hand auf die Stirne. »Das Millionenerbe des kürzlich verstorbenen Emirs Yahaya dan Khaliru von Gwandu, der sensationelle Gewinn der spanischen Weihnachtslotterie El Gordo oder die wohltätige Spende der Familie Douglas, für die du ausgewählt wurdest. Sie locken dich mit Unsummen, aber davor musst du deinen Geldbeutel öffnen. Jetzt soll ein Computerspiel achteinhalb Prozent abwerfen, im heutigen wirtschaftlichen Umfeld eine Traumrendite. Zuerst jedoch sollen wir einige Milliönchen locker machen. Das ist nichts als eine neue Masche, mit denen die Afrikaner an unser Geld wollen.«

»Die Afrikaner!«, rief Denis empört. »Als ob alle Menschen aus den Ländern des globalen Südens Betrüger wären. Wie kannst du es nur wagen, so zu denken.« Er hatte sich erhoben und fuchtelte mit seiner Hand vor dem Kopf von Herbert herum. Dieser lehnte sich langsam zurück und verschränkte die Arme.

»Wenn sie mehr arbeiten würden, hätten sie das nicht nötig. Die sollen sich ein Beispiel nehmen an uns.«

»Das tun sie doch: Sie holen sich zurück, was wir ihnen gestohlen haben. Wir im Westen sind nur deshalb so reich, weil wir Afrika ohne Rücksicht geplündert haben.«

»Da sie selbst aus ihren Bodenschätzen kein Kapital schlagen, muss eben jemand anders ran.«

»Vielleicht wollen sie es gar nicht? Vielleicht sind sie klüger als wir und schätzen, was ihnen die Natur gibt?«

»Ach, glaubst du immer noch an die Mär von den naturverbundenen Völkern, die sich genügsam in den großen Kreislauf einfügen und schicksalsergeben und mit sich selbst im Reinen warten, bis sie von der Malaria dahingerafft werden?«

»Hört auf, das tönt wie vor dreißig Jahren am Stammtisch«, intervenierte ich. »Das gäbe einen regelrechten Shitstorm, wenn das jemand mitkriegte. Die Dinge sind doch ein Stück komplexer. Bleibt bei den Themen, von denen ihr etwas versteht, bei der Informatik und beim Klimaschutz.«

»Bleibe ich ja. Die Entwicklung Afrikas und der Kampf gegen die Klimaerhitzung haben viel miteinander zu tun. Aus der Klimakrise finden wir nur, wenn wir gleichzeitig die Situation in den Ländern des globalen Südens verbessern. Die großen Ungleichheiten müssen beseitigt werden und die Ausbeutung durch die kapitalistische Wirtschaft der industrialisierten Länder muss ein Ende finden.« Denis stützte sich mit beiden Armen auf den Tisch und wurde immer lauter. Er sprach, als ob hundert Personen im Saal säßen. »Was es dazu braucht, wissen wir längst: Mehr Gerechtigkeit, mehr Transparenz, mehr Möglichkeiten zur Mitsprache und Mitgestaltung für die Bevölkerung und, vor allem anderen, einen besseren Zugang zur Bildung für Mädchen und Frauen.«

»Apropos Frauen«, Max ließ seinen Blick über unsere Köpfe gleiten, »habt ihr das gelesen von der afrikanischen Frau?«

»Von welcher afrikanischen Frau?«, fragte Denis gereizt. »Es gibt nicht nur die eine afrikanische Frau. Meinst du Vanessa Nakate, die Klimaaktivistin aus Uganda, die von der BBC auf ihre Liste mit den hundert einflussreichsten Frauen aufgenommen wurde? Ngozi Okonjo-Iweala, die kürzlich zur Direktorin der Welthandelsorganisation WTO gewählt wurde? Oder Tsitsi Dangarembga, die den Friedenspreis des deutschen Buchhandels erhielt?«

»Ich meine die mit den achtunddreißig Kindern. Habt ihr das nicht mitbekommen? Stand kürzlich in der Zeitung. Mariam Babirye, oder so ähnlich, ist erst siebenunddreißig Jahre alt und hat schon sechsmal Zwillinge, viermal Drillinge und dreimal Vierlinge geboren. Plus zwei einzelne Kinder, was eben achtunddreißig ergibt. Könnt ihr gerne nachrechnen. Bei der Frau würden genetisch bedingt besonders viele Eizellen produziert, hieß es im Artikel. Ein Arzt habe ihr geraten, immer weiter Kinder zu bekommen, sonst würden sich die Eizellen stauen und ihre Gesundheit gefährden.«

»Was für ein Idiot, dieser Arzt«, bemerkte Denis.

Ich schlug mit der Faust auf den Tisch. »Jetzt reicht's mit den Märchen aus Afrika! So kommen wir nie ans Ziel.«

Was sollte ich tun? Es musste schneller gehen. Gleichzeitig galt es, die Balance zu halten zwischen meinen Informationen, die zu viel Platz einzunehmen drohten und damit meinen Brüdern zunehmend als suspekt erscheinen mussten, und dem Raum, den ich ihnen zugestehen wollte, damit sie sich einbringen konnten und ernst genommen fühlten. Doch dieser

Stuss rund um Afrika ging nun wirklich zu weit, Balance hin oder her.

»Wir waren bei der FF Toys and Games Company stehen geblieben und der Frage, ob sie überhaupt existiert. Ja, sie existiert, das kann ich euch bestätigen. Die Webseite habt ihr bereits gesehen. Vorgestern ist außerdem ein Paket eingetroffen.«

Ich ging in mein Arbeitszimmer und nahm eine Kartonschachtel aus dem Büchergestell, die sechs Flaschen Wein Platz bieten könnte. Ich brachte sie ins Esszimmer, stellte sie auf den Tisch und öffnete sie. Als Erstes nahm ich einige Bogen zerknüllten Papiers heraus, die als Stopfmaterial dienten.

»Schaut, da hat es vier kleine Schachteln drin, eine für jeden von uns. Die wissen, dass wir vier Erben sind. Plus eine Karte: From our newest series called civil defense. Happy to cooperate with you.«

»Was verstehen die unter Bevölkerungsschutz?« Denis hatte mir die Karte aus der Hand genommen und gedreht, um nach weiteren Informationen zu suchen.

Plötzlich sprang Kasimir neben Max auf den Tisch. Er war wohl durch das Rascheln des Papiers angelockt worden.

»Geh weg, dich wollen wir nicht hier.« Max nahm ein Messer, das auf dem Tisch lag, und wischte die Katze mit einer unsanften Bewegung zur Seite. Dann durchschnitt er die Klebbandstreifen und öffnete die Pakete.

»Da gibt es einen Krankenwagen mit Einrichtungen zur Erstversorgung schwerer Wunden, ein Räumfahrzeug zur Beseitigung des Schutts von eingestürzten Gebäuden, ein Patrouillen-Schnellboot für die Überwachung von Grenzgewässern sowie eine Schallkanone, die sich an Demonstrationen zur Beruhigung kritischer Situationen einsetzen lässt.«

Max nahm die kleinen Spielzeuge aus Kunststoff hervor.

»Seht, an diesem Boot sind sogar abnehmbare Maschinengewehre montiert.«

»Zeig mal her! Die sind aber klein, die krieg ich nicht mal richtig zu fassen mit meinen Fingern.«

Denis hatte nach dem Boot gegriffen.

»Die sind auch nicht für dich gedacht.«

»Für wen sonst?«

»Für Kinder, von Kindern gemacht.«

Denis schaute entsetzt. »Glaubt ihr tatsächlich, dass es in Vaters Firmen Kinderarbeit geben könnte? Wie schrecklich! Niemals könnte ich die Verantwortung dafür übernehmen. Ein Grund mehr, diese Firmen zu verkaufen.«

»Verkaufen? Schaut her, Mops, unser großer Moralprediger. Sobald es konkret wird, krebst er zurück. Verkaufen ist doch keine Lösung, da geht die Kinderarbeit beim neuen Besitzer weiter. Wenn wir sie behalten, können wir Leadership zeigen und die Dinge aktiv zum Guten wenden. Das nennt sich verantwortungsvolles Entrepreneurship. Anpacken, nicht wegschauen, go for it, Mops!« Herbert hatte seine linke Hand nach außen gedreht und bewegte sie nach vorne, als ob er Denis anschieben wollte.

»Im Übrigen würde ich mich eher fragen: Welche von Vaters Firmen kommt ohne Kinderarbeit aus? Die in Rumänien oder die in Indien? Wenn ich jetzt ausspreche, was ich denke, setze ich mich dem Vorwurf der Pauschalisierung aus. Vielleicht die in Italien? Wie hat Palestre so schön gesagt? Das Leben unserer ganzen Familie ist eng verflochten mit der Firma. Seien wir doch nicht naiv.«

Herbert setzte kurz ab, um den Faden gleich wieder aufzunehmen: »Bleibt noch die Elina Beauté SA aus Frankreich. Wissen wir eigentlich, ob die nur in Frankreich oder noch anderswo produzieren?«

»Nur in Frankreich, soweit ich in Erfahrung bringen konnte«, antwortete ich. »Vor etwa drei Wochen skypte ich mit Céline Chariot. Sie war gerade an einem Strand unterwegs.«

»Und, sieht man es ihr an?«

»Was?«

»Dass sie ihre Haut regelmäßig mit hyaluronsäurehaltigen Cremes pflegt.«

»Herbert, das war ein Videoanruf, und das Bild hat sich auf und ab bewegt. Da konnte ich keine Details erkennen.«

—

»Hier bin ich jeweils mit Ihrem Vater spazieren gegangen, stundenlang, bei jedem Wetter«, erzählte Chariot und zeigte mir den Küstenweg, den sie entlangging. »Er trug jeweils eine dieser gelben Öljacken mit blauem Innenfutter, die in den Achtzigerjahren in Mode waren. Hier haben wir uns über die Geschäftsergebnisse und neue Entwicklungsmöglichkeiten für unsere Firma ausgetauscht. Er kam mindestens zweimal jährlich nach Nantes und blieb jeweils zwei Wochen. Er hat sich persönlich um die finanziellen Aspekte gekümmert, um die Jahresabschlüsse, die Anlagestrategie, die Bereitstellung der notwendigen Mittel für neue Investitionen.«

»Wie kam Vater überhaupt dazu, sich bei der Elina SA zu beteiligen? Marta Senti, die Willensvollstreckerin, die mir Ihre Kontaktdaten gegeben hat, konnte dazu nicht viel sagen.«

»Sie müssen mir nicht sagen, wer Marta Senti ist. Ich war mehrmals bei ihr. Sie hat uns in Steuerfragen beraten.«

Chariot hatte haltgemacht und schaute direkt in die Kamera. Das Bild wackelte jetzt weniger. Im Hintergrund sah ich, wie die Wellen den Sandstrand hochliefen. Dann fuhr sie fort: »Das mit Ihrem Vater hat sich vor mehr als zwanzig Jahren ergeben. Er hat mein ganzes Leben verändert, von einem Tag auf den anderen. Plötzlich war überall Zuversicht, wo es vorher nur Probleme gab. Ich kann fast nicht mehr glauben, dass es einmal anders war. Es war wenige Jahre nach dem Abschluss meiner Ausbildung. Meine Schwester und ich waren nach der Schule nach Paris gezogen, um dort zu studieren, ich Chemie und Pharmazie, meine Schwester Betriebswirtschaftslehre an der Europe Business School Paris EBSP. Ich wollte ursprünglich die Apotheke übernehmen, die unsere Eltern in Bordeaux führten. Doch wir lernten das Leben in Paris rasch lieben, die Universitäten, die Künstlerquartiere, aber auch die Mode und das Geschäft mit der Schönheit. Eines Tages dachten wir: L'Oréal, Vichy oder Yves Rocher – was die Großen können, können wir auch. Wir beschlossen, eine neue Kosmetiklinie aufzubauen. Das funktionierte erstaunlich gut, unter anderem dank der finanziellen Hilfe unserer Eltern.

Anfänglich ließen wir unsere Produkte von fremden Firmen herstellen. Immer dann, wenn sie über ungenutzte Kapazitäten verfügten, produzierten sie kostengünstig für uns. Schon nach drei Jahren bauten wir unser eigenes Labor und unseren eigenen Produktionsbetrieb in Nantes. Weitere zwei Jahre lief das gut, aber dann entwickelten sich unsere Vorstellungen über die Zukunft des Unternehmens in unterschiedliche Richtungen. Ich wollte bei unseren Stärken bleiben und auf die Kosmetika fokussieren, hauptsächlich Tages- und Nachtcremes. Haarpflegeprodukte wären für mich allenfalls noch infrage gekommen. Meine Schwester jedoch wollte zusätzlich Hygieneartikel anbieten, Einlagen, Tampons und so weiter. Wir müssen diversifizieren und ein zweites Standbein entwickeln, das war ihr Ceterum censeo. Wir stritten uns immer heftiger und beschlossen letztlich, uns zu trennen.

Alles Geld unserer Eltern war investiert in die Produktionsanlagen und in das Gebäude in Nantes, und ich hätte meine Schwester auszahlen müssen, um die Firma selbst weiterführen zu können. Sie war nicht bereit, ihren Anteil noch für einige Jahre in der Firma zu belassen, bis ich sie allein tragen konnte. Ich wusste nicht, wie ich zu Geld kommen sollte, und die Elina SA stand kurz vor dem Verkauf. Meine Schwester hatte bereits einen Interessenten gefunden, der die ganze Firma hätte kaufen wollen. Das hätte auch mein Ende bei der Elina SA bedeutet.«

—

»Und da tauchte, wie durch ein Wunder, Vater am Horizont auf und öffnete seine Schatulle«, unterbrach mich Max. Er griff mit beiden Händen in die Schachtel mit den Kriegsspielzeugen, die noch auf dem Tisch lag, und gab vor, Münzen herauszuschöpfen und zu verteilen. »Oli, wie viele dieser süßen Happyend-Storys willst du uns noch auftischen?«

»Vater war eben ein großzügiger Mensch, selbst wenn ihr das nicht wahrhaben wollt. Er ermöglichte anderen Menschen Dinge, die sie aus eigener Kraft nicht hingekriegt hätten.«

»Hat er auch seine Hose geöffnet?«

»Junge Frau aus Paris, und es macht klick. Armer Herbert, wie einfach du gestrickt bist.« Denis schaute Herbert mitleidvoll an und schüttelte den Kopf kaum wahrnehmbar. Dann hob er ihn mit einem kleinen Ruck. »Verschone uns mit deinen Männerfantasien.«

»Ein Witzchen, Mops, ein Witzchen! Alles muss politisch korrekt sein, frei von Nebengedanken, unantastbar. Mit dir konnte man noch nie normal sprechen, so von Mann zu Mann. Sei doch etwas unverkrampft. Sei doch einmal ehrlich und stehe zu deinen Trieben.«

»Ich stehe über meinen Trieben.«

»Das kommt bekanntlich selten gut heraus, wie wir von der katholischen Kirche wissen.«

»Können wir weitermachen?« Ich tippte auf meine Uhr. »Wie ihr mit euren Trieben umgeht, interessiert hier niemanden. Wie gesagt, Chariot hatte mir bei unserem Anruf erzählt, dass sie kurz davorstand, die Firma zu verkaufen.«

—

»Ich war am Verzweifeln. Ich ging zu unserer Hausbank und wollte einen Kredit, um meine Schwester auszahlen zu können. Keine Chance. Mit dem Abgang meiner Schwester fehle jemand in der Firmenleitung, der über genügend betriebswissenschaftliche Kenntnisse verfüge, dieses Risiko könne man nicht eingehen, beschied mir der Bankangestellte, der noch Flaum trug unter dem Kinn. Mein Fachwissen, die Erfahrung des ganzen Teams, die bisherigen Erfolge: nichts wert.

Da tauchte, wie durch ein Wunder, Ihr Vater auf. Ich hatte eben die Bank verlassen und in meiner Wut nicht auf die Unebenheiten auf dem Gehsteig geachtet. Ich stolperte und fiel hin. Das Knie blutete. Ein Mann mittleren Alters hatte gesehen, dass ich gestürzt war, und trat zu mir. Est-ce-que je peux vous aider, Madame? Was für eine dumme Frage, dachte ich, das sieht man doch. Er half mir auf. Ob alles in Ordnung sei, wollte er wissen. Ja, vielen Dank, antwortete ich und wollte weitergehen. Er blickte mir in die Augen und fragte: Ärger mit der Bank? Kommen Sie, da drüben gibt es ein Straßencafé. Setzen Sie sich hin und kommen Sie etwas zur Ruhe. Lassen Sie uns etwas trinken, und dann sieht die Welt schon wieder besser aus.

Wir nahmen an einem kleinen Tisch mit Plastikstühlen Platz. Ein Sonnenschirm, bedruckt mit Werbung für Vichy-Wasser, spendete Schatten. Je viens de la Suisse, du canton de Thurgovie, tout en est du pays. Er sprach langsam und betonte jede Silbe. Ja, ich weiß, antwortete ich, das hört man. Falls er beleidigt war, ließ er es sich nicht anmerken. Ich beschloss, freundlicher zu sein. Es war nicht seine Schuld, dass ich schlechter Laune war. Nach der Auseinandersetzung mit meiner Schwester und mit der Bank war ich tatsächlich froh, jemand Unbeteiligtem die ganze Geschichte rund um die Elina SA erzählen zu können.

Er hörte aufmerksam zu und murmelte etwas von typischen Streitereien unter Geschwistern, das erstaune ihn nicht, das habe er selbst des Öfteren erlebt. Im Übrigen habe er kürzlich zwei Firmen verkauft und sei nun interessiert an neuen Investitionsmöglichkeiten. Ob ich mir vorstellen könne, dass er in mein Geschäft einsteige? Er sei spezialisiert darauf, kleinere Unternehmen mit einer wechselvollen Vergangenheit in stabile Verhältnisse zu überführen. Und für das Problem mit den fehlenden betriebswirtschaftlichen Kenntnissen, da fände sich sicher eine Lösung.

Ich hatte mich wieder gefasst und schwankte hin und her. Unterstützung konnte ich tatsächlich brauchen, und zwar lieber heute als morgen, aber von einem mir unbekannten Mann Hilfe annehmen? Zudem wollte er nicht zu meiner Elina Beauté passen, in seinem braunen Jackett aus grobem Manchesterstoff und dem gestreiften Hemd, das wie ein Küchentuch aussah. Gesundheit, Schönheit, Weltoffenheit sollte meine Firma ausstrahlen. Nun gut, wenn es um Geld geht, dachte ich mir, dann wäre ein Schweizer vielleicht nicht die schlechteste Lösung, und außerdem läge es nicht an ihm, repräsentative Rollen zu übernehmen.

Ich sagte, dass ich über sein Angebot nachdenken wolle, und fragte, wie ich ihn erreichen könne.

Ich solle mir Zeit lassen, er sei noch einige Tage hier in der Gegend, antwortete er, und überreichte mir seine Visitenkarte, auf die er von Hand seine Hoteladresse notierte.«

Chariot hielt inne und ließ ihr Smartphone sinken. Zuerst sah ich blauen Himmel, dann den Küstenstreifen auf dem Kopf.

»Wie ging es weiter mit Ihnen und Vater?«, fragte ich.

Chariot nahm ihr Smartphone wieder hoch, schaute in die Kamera, strich mit der Hand die Haare zur Seite und fuhr fort: »Ich unternahm einen letzten Versuch, meine Schwester davon zu überzeugen, ihr Geld noch für drei Jahre in der Firma zu belassen. Doch sie weigerte sich standhaft. So nahm ich nach einer Woche wieder Kontakt auf mit Ihrem Vater. Er zeigte sich erstaunt, er habe nicht mehr damit gerechnet, dass ich mich melden würde, aber natürlich, er stehe zu seinem Angebot. Er entschloss sich, noch einige Tage vor Ort zu bleiben, um die Details zu regeln.

Nachdem meine Schwester ausbezahlt und Ihr Vater zur Hälfte Mitbesitzer der Elina Beauté SA geworden war, kehrte er in die Schweiz zurück. Was für ein Gefühl! Ich war plötzlich komplett frei in meinen Entscheidungen. Meiner Schwester war ich keine Rechenschaft mehr schuldig. Ungeklärt war lediglich die Frage, wer sich in Zukunft um die buchhalterischen und finanztechnischen Aspekte der Firma kümmern sollte. Doch das interessierte mich vorerst nicht. Ich genoss meine neuen Freiheiten und machte mich mit meinem Team an die Entwicklung einer neuen Kosmetiklinie.

Schon wenige Wochen später stand Ihr Vater wieder bei uns in Nantes im Büro. Er hatte sein Kommen erst am Vortag telefonisch angekündigt. Es seien ihm da noch einige Unstimmigkeiten aufgefallen, als er die letzten Jahresberichte studiert habe, und es sei einfacher, diese von Person zu Person zu besprechen, statt mit mühsamen Telefonaten. Und über E-Mail, damals noch eine junge Technologie, da wolle er keine vertraulichen Informationen austauschen.

Das Telefonat hatte mich zutiefst irritiert. Unstimmigkeiten? Was sollte das bedeuten? War seine Großzügigkeit nur zur Schau gestellt gewesen und nahm nun das Erbsenzählen überhand? War es etwa schon wieder vorbei mit meiner Unabhängigkeit? Wie sollte ich Ihrem Vater begegnen, falls ich nicht einverstanden war mit dem, was er vorbrachte? Du blöde, eingebildete Business-School-Tussi, das hatte ich meiner Schwester jederzeit anhängen können, wenn sie mich zur Weißglut gebracht hatte mit ihrer Diversifizierungsstrategie. Aber Ihr Vater? Was sollte ich da sagen? Ich wusste nicht einmal, ob er überhaupt irgendetwas studiert hatte. Genau genommen: Ich wusste gar nichts von ihm, außer dass er aus der Schweiz kam. Mir lief heiß und kalt den Rücken hinunter. War er vielleicht ein Betrüger, der mich um seinen Finger gewickelt hatte und mich aus der Firma drängen wollte? Der mir morgen erklären wird, dass er bereits sechzig Prozent der Firma besitze, weil mein eigener Anteil zu hoch ausgewiesen sei in der Bilanz? Mein ganzes Leid hatte ich ihm geklagt, meine Schwächen offengelegt in meiner Wut über meine Schwester und über den abgelehnten Kredit. Schamlos hatte er meine Notlage ausgenutzt, wie einer dieser Heiratsschwindler, über die man immer wieder liest, und sich darüber mokiert, wie dumm diese Frauen nur sein können. Nun hatte es mich selbst erwischt.

Ich schlief kaum in jener Nacht vor seinem Besuch. Mein Lebenswerk, in den Sand gesetzt. Doch ich hatte mich vergeblich gesorgt. Bald wurde klar, dass sich Ihr Vater sehr genau mit den Bilanzen auseinandergesetzt hatte. Bei den von ihm erwähnten Unstimmigkeiten ging es tatsächlich um Bewertungen. In der Bilanz hatten wir unsere Immobilien nach anderen Grundsätzen bewertet als in der Steuererklärung. Fortan würden wir etwas weniger Steuern bezahlen müssen, wenn wir die gleichen Bewertungsregeln anwenden würden.

Ihr Vater offerierte mir, künftig unseren Buchhalter zu unterstützen. Dieser beherrsche das Routinegeschäft der täglichen Buchführung zwar tadellos, wie er den Unterlagen habe entnehmen können, aber sobald es um Finanzanlagen, Investitionsrechnungen oder eben um Steuererklärungen gehe, da scheine er ihm doch überfordert. Seine Arbeit sei selbstverständlich kostenlos, schob Ihr Vater nach. Ich schämte mich. Wie hatte ich in ihm nur einen Schwindler vermuten können? Ich nahm sein Angebot an.«

Chariot legte eine Pause ein und schaute aufs Meer.

»Wieso tat Ihr Vater das? Ich habe es nie herausgefunden. Ach, betrachten Sie es als Geschenk des Himmels, als eine glückliche Fügung, antwortete er, als ich ihn später einmal darauf ansprach. Wissen Sie es vielleicht?«

Jetzt blickte sie direkt in die Kamera und schien mich zu fixieren.

»Ich? Keine Ahnung. Ehrlich gesagt, wir haben nicht gewusst, in welche Geschäfte unser Vater investiert hatte, bis wir es nach seinem Tod von Marta Senti erfahren haben. Die Beziehung zwischen ihm und uns Kindern war leider eher etwas distanziert, und wir haben nie mit ihm darüber gesprochen.«

»Sonderbar, ich kenne nur wenige Personen, die so zugänglich sind, wie Ihr Vater es war. Aber Familienbeziehungen sind nun mal kompliziert, das weiß ich aus eigener Erfahrung.«

—

»Leider eher etwas distanziert«, näselte Herbert und zog seine Lippen hoch, wie immer, wenn er mich nachäffte. »Griffel, warum musst du immer alles schönreden, wenn es um unsere Familie geht? Und diese Chariot ist kein bisschen besser. Zugänglich nennt sie das. Vater hat wieder einmal in fremden Gärten gewildert, so war es.«

Trotz seines braunen Teints war unübersehbar, dass Herbert einen roten Kopf bekommen hatte. »Ich habe keine Lust mehr, mir dieses Heile-Welt-Gesäusel anzuhören.« Er stand auf, packte sein Tablet und ging in den Korridor. »Ich gehe jetzt. Ihr könnt ohne mich weitermachen.« Er stopfte das Tablet in seine Sporttasche, warf sie über seine Schulter und öffnete die Türe.

Ich hätte am liebsten laut gejubelt. Herbert war daran, sich im Rennen um die Elina SA selbst aus dem Spiel zu nehmen. Manchmal, wenn er sich heftig ärgerte, tat er unüberlegt solche Dinge. War er erst draußen, gab es kein Zurück mehr. Niemals revidierte er einen Entscheid, mochte er ihn noch so bereuen. Einen Fehler zugeben? Das ließ sein Stolz nicht zu.

»Willst du denn freiwillig auf die Elina verzichten?«, rief ihm Max nach. »Wer nicht am Tisch sitzt, über den wird bestimmt.«

Herbert stoppte ruckartig, schlug die Türe zu und kehrte zurück. Wortlos setzte er sich wieder hin. Du bist ein Idiot, Max, hätte ich beinahe herausgeschrien. Unter dem Tisch verkrampften sich meine Fäuste, und ich hoffte, dass es niemand sähe. Ich lächelte und fuhr mit der Zusammenfassung meines Videocalls mit Chariot fort.

—

»Von da an kam Ihr Vater jährlich mindestens zweimal nach Nantes, für den Zwischenabschluss und für den Jahresabschluss. Er entwickelte schnell ein gutes Verständnis für die technische Seite der Kosmetikproduktion, für die Labors, für die Produktionsanlagen und für die chemischen Formeln, die hinter den Produkten standen. Er interessierte sich für die Eigenschaften unserer Haut und die Wirkungen, die die Kosmetika auf der Haut erzeugten, welche Prozesse sie unterstützten respektive verhinderten. Besonders die Hyaluronsäuren hatten es ihm angetan.«

»Was ist denn so speziell an diesen Hyluaronsäuren?«, fragte ich.

»Hy-a-lu-ron-säuren. Sie können sehr große Mengen an Wasser speichern, bis zu sechs Liter pro Gramm. Man kennt sie schon lange, seit den Dreißigerjahren des letzten Jahrhunderts, und sie spielen eine wichtige Rolle bei verschiedenen medizinischen Anwendungen. Sie werden in arthrosegeschädigte Gelenke gespritzt, um sie zu schmieren und um ihre Beweglichkeit zu erhalten. Man findet sie aber auch in Augentropfen oder Nasensprays, wo sie Trockenheit verhindern sollen. Es gibt sie zudem als Nahrungsergänzungsmittel, wo sie dieselben positiven Effekte entfalten sollen. Die Wirksamkeit ist allerdings umstritten. In Kosmetika kommen die Hyaluronsäuren erst seit etwas mehr als fünfzehn Jahren zur Anwendung. Da die Säuren auch natürlicherweise im Körper vorkommen, gibt es bei ihrem Einsatz kaum Nebenwirkungen.«

Chariot stoppte kurz, als ob sie überlegen müsste, was sie als Nächstes sagen sollte. Auf dem Bildschirm sah ich, wie ein Motorboot hinter ihr über das Wasser glitt. Sie lachte kurz auf.

»Sie gleichen Ihrem Vater und seinem Interesse für die handfesten Dinge, die sich rational erklären lassen. Doch das ist nur die eine Seite der Kosmetikherstellung, die weitaus einfachere, aus meiner Sicht.

Bei der Entwicklung von Kosmetika muss man zwischen zwei Dingen fundamental unterscheiden. Da sind zum einen die Eigenschaften, die die Haut gesund erhalten sollen, die Versorgung mit Feuchtigkeit, der Schutz vor Sonnenlicht, der Erhalt der Geschmeidigkeit des Gewebes und so weiter. Das ist anspruchsvolle Chemie, durchaus. Exakte Laborarbeit ist gefragt, gepaart mit unzähligen Tests.

Die andere Seite, das sind die Düfte. Eine Pflegecreme kann hoch wirksam sein, wenn sie jedoch nach Spital oder Desinfektionsmittel riecht, dann haben Sie keine Chance mit dem Produkt. In Reformhäusern, Drogerien oder Apotheken setzen Sie vielleicht einiges davon ab. Wenn Sie aber ganz vorne mitmischen wollen, dann kommt es auf die Düfte an.

Kosmetika versprechen Schönheit, Jugend, Romantik, Verliebtsein. Wo erleben wir das? Sicher nicht im Labor, nein, bei einem Sonnenuntergang an der Amalfiküste, beim Flanieren auf den Ramblas in Barcelona, bei einer durchtanzten Nach auf Ibiza oder auf einem Segeltörn rund um die Ionischen Inseln.«

Chariot schaute aufs Meer, als wären die Inseln zu sehen. »Wie ist die Stimmung dort und, vor allem, wie duftet es dort? Da ist nicht ein einzelner Duft, da sind unzählige Düfte, die sich ohne Ende mischen und sich immer wieder neu arrangieren. Allen voran das Meer, das Salz in der Gischt, dann die Kiefern, deren Duft vom nahen Ufer herweht, der Fisch, den Sie soeben gebraten und gegessen haben, die Kräuter, mit denen er gewürzt war, das Kunstlederkissen, auf dem Sie sitzen, das brackige Wasser, das unter den Holzplanken gefangen liegt, die Ölfarbe, mit der das Boot vor Kurzem gestrichen worden war, das einfach gestrickte Parfüm des Skippers, die Haare Ihrer Freundin, die Ihnen der Wind ins Gesicht weht. Das ergibt eine enorm vielschichtige Mischung von Düften. Welcher Duft kommt hinzu? Welcher verschwindet? Welcher bleibt und soll die Essenz bilden für meine Hellas-Beauty-Linie?

Hellas Beauty, Spanish Dreams oder Italian Seduction, sie alle basieren auf diesen realen Stimmungen und bilden die vorherrschenden Düfte nach, wohlgemerkt die angenehmen, nicht die abstoßenden, die sich immer wieder und unvermeidbar einzuschleichen versuchen und alles zu zerstören drohen. Und wissen Sie, was die Sache besonders anspruchsvoll macht? Dieser Duft muss überall und jederzeit überzeugen, draußen, drinnen, nicht nur bei Sonne auf dem Segelschiff im Mittelmeer, sondern auch an regnerischen Tagen an der bretonischen Atlantikküste. Jedes Mal, wenn wir einen neuen Duft entwickeln, testen wir ihn an den unterschiedlichsten Orten, unter anderem hier.«

Chariot zeigte mir mit ihrem Smartphone nochmals den Weg, den sie entlanggegangen war. Unterdessen hatte sie sich auf ein Mäuerchen gesetzt. Die Vegetation war karg, etwas weiter unten lag ein schmaler Streifen Sandstrand. Die Wellen des Meeres brachen sich unablässig an einem kleinen, vorgelagerten Riff.

»Eines Tages nahm ich Ihren Vater hierhin mit, um ihm auch diesen Teil der Entwicklung von Kosmetika näher zu bringen. Es war ein ziemlich stürmischer Tag, nun, in der Bretagne sind eigentlich alle Tage ziemlich stürmisch, und der Wind blies uns unablässig ins Gesicht. Nach einem rund zwanzigminütigen Spaziergang waren wir hier angelangt.

Ich strich etwas von der Creme mit dem neuen Duft auf meinen Handrücken und an meinen Hals. Sie fühlte sich geschmeidig an und zog rasch ein. Möchten Sie riechen, fragte ich Ihren Vater. Er trat näher. Wie heißt dieser Duft, fragte er und gab die Antwort gleich selbst: French Passion? Er fuhr mit seinen Fingern kaum wahrnehmbar über die Stelle, die ich eingestrichen hatte. Ich spürte, wie sich meine Härchen krümmten, zuerst auf der Schulter, dann ...«

Sie zögerte.

»Und dann?«

»Was und dann?«

»Wie ging es weiter?«

»Wir setzten uns auf das Mäuerchen, und Ihr Vater half mir, die neusten Geschäftszahlen zu interpretieren.«

—

»Und, was haben die Zahlen gezeigt?«, fragte mich Denis. Als ob das jemanden interessiert hätte. Denis fehlte einmal mehr jedes Gespür für die Situation. Mir konnte es nur recht sein, zum unverfänglichen Teil der Geschichte zurückkehren zu können.

»In den ersten Jahren ganz ordentlich, wie mir schon Senti erzählt hat, der große Aufschwung setzte später ein.«

»Denis, das interessiert hier doch niemanden«, fuhr Max dazwischen. »Wie lange ging das mit dieser Chariot und Vater?«

»Vor rund zwanzig Jahren ist Vater bei der Elina eingestiegen, gemäß Senti, aber wir wissen …«

»Das könnte aufgehen!«, rief Denis und zeigte mit dem Finger auf die Nase von Max: »Das war kurze Zeit, nachdem sich abzuzeichnen begann, dass Sarah nicht wiederkehren würde.«

»Das hat doch nichts mit Sarah zu tun!« Luft pfiff durch die Zähne von Max.

Es läutete an der Wohnungstüre.

»Da kommt sie!« Max sprang auf und hastete in den Korridor. Er stolperte über die Türschwelle und wäre beinahe hingefallen. Wir hörten, wie er die Wohnungstüre öffnete und einige Worte wechselte. Nach wenigen Sekunden kam er zurückgeschlichen, seine Schultern schienen noch tiefer zu hängen als sonst.

»Für dich, Oli. Deine Nachbarin.«

Ich ging zur Türe. Heidi. Sie war wohl wieder zu lange im Büro gewesen und hatte vergessen einzukaufen.

»Entschuldige die Störung, Oli, habt ihr Besuch? Wer war der arme Kerl soeben an der Türe? Meine Güte, war der nervös. Mich scheint er jedenfalls nicht erwartet zu haben. Stell dir vor, Oli, heute habe ich vor dem Arbeiten eingekauft, und nun habe ich alles im Kühlschrank im Büro liegen gelassen. Brot habe ich, aber nichts für drauf. Hättet ihr mir nicht etwas, vielleicht ein Stück Käse, lieber keine Wurstwaren, ich esse kaum Fleisch, wie du weißt.«

Ich warf einen Blick ins Esszimmer und sah, wie Denis mit seinen Armen gestikulierte und auf Herbert und Max einsprach. Keiner der drei beachtete mich.

Ich wandte mich wieder Heidi zu: »Ich kann dir einen Vieux Boulogne anbieten, frisch von heute. Er riecht allerdings etwas streng.«

»Macht nichts, den nehme ich gerne.«

Ich ging durch das Arbeitszimmer auf den Balkon, holte den Käse, den Max mitgebracht hatte, und übergab ihn Heidi. Win-win, würde Herbert sagen. Sie hat was zu essen, und wir sind den Gestank los.

Nachdem ich die Türe geschlossen hatte, schaute ich auf die Uhr. Es war bereits Viertel nach neun. Es blieb noch die Geschichte mit den Medikamenten und, das wichtigste, die Zuteilung der Firmen. Ich ging zurück ins Esszimmer. Meine drei Brüder hatten sich in eine ruppige Diskussion verbissen. Das würde noch ein langer Abend werden.

»Du bist ein Träumer, Mops. So funktioniert die Welt nicht. Die Menschen sehnen sich nach solchen Dingen, das kannst du ihnen nicht verbieten.«

Wie so oft ging es Herbert gegen Denis. Dieser hatte wohl einmal mehr seine Kapitalismuskritik runtergeleiert. Die Elina Beauté SA eignete sich hervorragend dafür. Die schönen Dinge des Lebens, Glamour, die Leichtigkeit des Seins, gepaart mit einer Prise Nutzlosigkeit und Verschwendung, dafür hatte Denis keinerlei Verständnis angesichts der vielen globalen Krisen, die es aus seiner Sicht zu bewältigen galt. Und Herbert hatte sich wie gewohnt provozieren lassen.

»Unser maßloser Konsum reitet uns in den Abgrund. Wir würden unser Geld besser dafür investieren, dass sich die weniger privilegierten Menschen in den Ländern des globalen Südens schneller entwickeln können«, sagte Denis.

»Das tun doch Firmen wie die Elina Beauté«, entgegnete Herbert. »Genau das kann die Marktwirtschaft am besten. Sie hat in den letzten zwei Jahrhunderten für einen vorher undenkbaren Wohlstand gesorgt. Gesundheit, Altersvorsorge, Bildung, Freizeit, Kultur und vieles mehr wären ohne das Wachstum der Wirtschaft gar nie möglich geworden. Heute leben nur noch rund neun Prozent aller Menschen in absoluter Armut, das heißt, sie müssen mit weniger als einem Dollar neunzig pro Tag auskommen. 1981 waren es noch über vierzig Prozent. Noch nie ging es den Menschen so gut wie heute. Dank des Konsums im Westen erhielten Hunderte von Millionen Menschen in den armen Ländern eine Perspektive. Win-win, kann ich da nur sagen.«

»Mehr Wohlstand für alle dank stetigem Wachstum, schön wäre es. Dieses Wachstumsversprechen mag früher funktioniert haben, unterdessen ist es überholt. Heute profitieren hauptsächlich jene vom Wachstum, die ohnehin schon viel haben. Schaut, was während der Coronakrise passiert ist: Die zehn reichsten Menschen haben ihr Vermögen um 540 Milliarden Dollar gesteigert! Jeff Bezos hat mit seinen Amazon-Aktien allein im Zeitraum von März bis Mai 2020 vierunddreißig Milliarden Dollar verdient.«

»Das war, weil die Menschen trotz Corona weiter gekauft haben, von gewissen Dingen sogar mehr als vorher.« Herbert klopfte mit dem Zeigefinger mehrmals auf den Tisch. »Davon profitieren auch die Menschen in Entwicklungsländern, die diese Produkte herstellen.«

»Da wäre ich nicht so sicher.« Max rückte seinen Stuhl näher an den Tisch. »Habt ihr mal überlegt, was es bedeutet, wenn ein Unternehmen immer mehr verkauft? Nehmen wir einen Hersteller von Markenjeans, der in Bangladesch nähen lässt. Für die Jeans zahlen wir rund hundertfünfzig Franken. Knapp zwanzig Franken nimmt die Fabrik ein, in der genäht wird, weitere sechzehn Franken kostet der Transport. Der Löwenanteil geht an den Detailhandel, nämlich rund die Hälfte des Verkaufspreises. In diesem Anteil ist auch die Mehrwertsteuer eingerechnet. Ein Viertel, siebenunddreißig Franken fünfzig, erhält der Hersteller für die Markenrechte, den Vertrieb und die Werbung. Und die Näherin? Hast du mitgerechnet, Herbert? Sie erhält gerade mal einen Franken fünfzig.«

»Das ist nicht nichts, wenn man die Lebensumstände und das Preisniveau vor Ort mitberücksichtigt.«

»Das ist aber auch noch nicht alles, mein lieber Bruder.« Max fixierte Herbert. Die Brille mit beinahe viereckigem Rahmen, die sein hageres Gesicht seitlich überragte, und die Gläser, die mit ihrer Korrektur der Weitsichtigkeit alles vergrößerten, ließen seine Augen unnatürlich riesig erscheinen. »Hast du dir mal überlegt, was passiert, wenn der Hersteller zwei statt eine Jeans verkauft? Dann erhält die Näherin in Bangladesch drei statt einem Franken fünfzig. Dafür muss sie jedoch doppelt so lange arbeiten. Beim Hersteller verbleiben sechsundsiebzig statt achtunddreißig Franken. Wegen Skaleneffekten muss er dafür kaum doppelt so viel arbeiten. Der Hersteller profitiert damit ungleich mehr vom Wachstum als die Näherin. Sie hätte viel mehr davon, wenn sie drei statt einen Franken fünfzig für das Nähen einer einzigen Jeans erhielte, nämlich einen Lohn, der weniger ausbeuterisch wäre. Und der Hersteller oder der Zwischenhandel würden diesen Betrag locker wegstecken.

Ob diese Zahlen genau so zutreffen oder nur ähnlich sind, weiß ich nicht. Aber das Grundprinzip bleibt: Von der Verdoppelung des Absatzes profitiert der Hersteller absolut gesehen wesentlich mehr als die Arbeiterin. Das ist einer der Gründe, weshalb die Reichen immer reicher werden und die Armen kaum vorwärtskommen.«

Herbert hatte dem nichts entgegenzusetzen. »Griffel, was meinst du dazu? Sag du auch mal was!«, wandte er sich an mich. »Was schaust du so gedankenverloren drein?«

»Wer viel spricht, dem bleibt weniger Zeit zum Denken.«

»Ach, du studierst wohl an deinem Buch über deine Brüder rum und überlegst dir, wie du unser Geplapper verwerten könntest. Selbstverständlich alles rein fiktiv. Was soll schon speziell sein an unseren Gesprächen? So geht es nun mal zu, wenn sich Geschwister treffen.«

»Nein, nein«, wehrte ich ab, »so ist es nicht.«

»Wie denn sonst?«

»Weißt du, diese Konstellation ist doch einzigartig, da habe ich gedacht, ich könnte ...«

»Genau: Wir schlagen uns die Köpfe ein, und du beobachtest. Das Resultat ist eine Geschichte, in der du den abgeklärten Weisen spielst, der über allem steht.« Herbert war aufgestanden und zu den Familienfotos auf der Kommode getreten. »Schon als Kind hattest du diesen Besserwisserblick, diese schmalen Lippen, die du zu einem Grinsen langzogst und zwischen denen deine Zähne hervorstanden.«

»Es käme mir nie in den Sinn, mich gegenüber euch zu überhöhen«, entgegnete ich. »Genau genommen sind wir alle seltsam, wenn wir nur lange genug darüber nachdenken.« Ich lachte und schaute meine Brüder an. »Ein schöner Gedanke, nicht? Einfache Worte, tiefgründiger Sinn. Genau das, was einen guten Schriftsteller ausmacht.« Es kam keine Reaktion. »Den werde ich in mein Buch aufnehmen.«

»Noch schöner wäre der Gedanke, wenn er von dir stammte.« Max hatte seinen Rücken durchgestreckt und schaute mich von oben herab an. »Doch irgendwo habe ich den kürzlich bereits gelesen.«

Es verschlug mir beinahe den Atem. Doch ich fasste mich schnell wieder. »Das kann durchaus sein«, sagte ich, »Untersuchungen zeigen, dass mehrere Menschen gleichzeitig und unabhängig voneinander auf dieselben Ideen kommen können. Gerade bei wichtigen Entwicklungen lässt sich im Nachhinein oft nicht mehr feststellen, wer genau zuerst war.«

»Jetzt kann ich mich erinnern. Das war bei Peter Stamm, im ›Archiv der Gefühle‹.«

»Ein großartiger Schriftsteller, in der Tat.« Ich lächelte. Doch es half nichts. Max war in Fahrt gekommen. Da war sie, diese ekelhafte Bewegung: Er hatte den linken Unterarm auf den Tisch gelegt und ließ seine schmalen Finger in verschiedene Richtungen über die Fläche gleiten wie eine Spinne, die ihr Opfer umgarnte.

»Etwas seltsam ist das allerdings schon mit der angeblich unabhängigen Gleichzeitigkeit von Ideen. Oder ist es eher die gleichzeitige Unabhängigkeit? Wie auch immer, vorhin, als ich durch dein Arbeitszimmer ging, um den Vieux Boulogne auf den Balkon zu legen, da habe ich das Buch von Stamm auf deinem Tisch liegen gesehen.« Die Spinne schien sich mir zu nähern. »Manchmal gibt es die unglaublichsten Zufälle.« Max schüttelte den Kopf.

»Du lügst uns an!« Herbert zerknüllte seine Serviette und warf sie an mir vorbei in die Ecke. »Wie können wir dir nur glauben, was du über die Firmen erzählst? Denis, Max, was sollen wir tun?« Die beiden schauten sich an.

Irgendwie musste ich wieder sicheres Terrain gewinnen. Ich stand hastig auf und ging zur Kommode. »Möchte noch jemand etwas Auflauf?« Ich nahm den Schöpflöffel, doch da war nichts mehr in der Schüssel.

»Komm zurück zu uns, Oli«, befahl Max und zeigte mit seiner Hand auf meinen Stuhl. Ich setzte mich hin. »Wenn du schon groß rauskommen willst mit deinem Buch: Was ist denn die Botschaft, die du vermitteln willst? Die Kernaussage? Das Take-away? Sag jetzt bloß nicht: Ach, nichts Bestimmtes, der Leser soll einfach Spaß haben. Stell dir vor, eine Zeitung porträtiert dich. Was sind die Hintergründe für deine Geschichte? Was steckt hinter deiner Person und wie drückst du das aus in deinem Buch? Und du sagst: Ich weiß es nicht. Ich hatte einfach Lust, das zu schreiben.

Das ist zu wenig, Oli. Du musst strategisch vorgehen, wie man das bei jedem anderen Projekt auch macht. Was willst du erreichen mit dem Buch? Ein Schicksal vermitteln, das den Leserinnen nahegeht und Emotionen weckt? Oder hast du eine Mission, für die du die Leser gewinnen möchtest?

Wie wäre es mit dem Schicksal einer Waisen, heimat- und haltlos, von niemandem geliebt, von allen wie eine heiße Kartoffel von der einen zur nächsten sozialen Einrichtung weitergereicht? Oder mit dem eines Buben von gewalttätigen und alkoholabhängigen Eltern, von Geburt an vernachlässigt und in der Entwicklung zurückgeblieben, der eines Tages durch einen glücklichen Zufall auf verständnisvolle Pflegeeltern trifft und von da an sein Schicksal in die Hände nimmt, seine Defizite im Laufe langer und harter Jahre wettmacht und sich bis an die Spitze vorkämpft?

Vier Brüder, die sich ab und an uneinig sind, und ein abwesender Vater, das ist zu wenig. Ein Leben, wie es Millionen andere auch leben. Perfektes Mittelmaß. Da fehlt es an Brüchen und Tragik. Diese Story wird niemanden berühren.«

»Mittelmaß, das ist doch das, was die Leute mögen, weil es ihnen selbst nicht zu mehr gereicht hat. Damit können sie sich identifizieren.«

»Du widersprichst dir, Oli. Vorher hast du von einzigartiger Konstellation gesprochen, jetzt ist es das Mittelmaß, das zählt. Vielleicht wäre eine Mission der bessere Weg für dich. Für was willst du dich starkmachen? Für welche Werte stehst du ein? Nimm dir ein Beispiel an deinen Brüdern. Denis, der perfekte Klimaforscher, inklusive leicht schmuddeligem Aussehen und Abneigung gegen alles Sinnliche, außer wenn es ums Essen geht. Oder Herbert: Stell dir vor, der schriebe ein Buch, Management, modern interpretiert. Die zehn goldenen Regeln. Seine markigen Sprüche, nie verlegen um einen Anglizismus, sein gestählter Körper, stets braun gebrannt, sein Personal Trainer auf jedem Bild an seiner Seite. Da passt alles!

Eine Mission besteht selbstverständlich aus mehr als aus einem Buch. Da gibt es Events rundherum, die

Leute können Petitionen unterschreiben, falls du dich für ein politisches Anliegen engagierst, oder Geld spenden für die Hilfsorganisation, die du zur Erfüllung deiner Mission gegründet hast. Du musst eine Marke aufbauen. Nein, vielmehr: Du wirst die Marke! Merchandising, Facebook, Twitter, Instagram, alles gehört dazu.«

Max schaute mich an.

»Sag bloß nicht, dass du nicht einmal einen Insta-Account hast. Dir ist nicht zu helfen.«

»Wozu sollte er einen haben? Seine einzige Mission bis heute war es doch, sich bei unseren Eltern einzuschmeicheln«, bemerkte Herbert. »Dumm nur, dass sie jetzt weggefallen ist.«

»Das wäre es doch!«, fuhr Max fort. »Oli könnte in die Fußstapfen von Vater treten und sich für die Weiterentwicklung dieser Medikamente gegen psychische Krankheiten starkmachen. Da haben wir ein Familienschicksal, das wir für das Buch selbstredend noch etwas dramatisieren müssten – schwer kranke Mutter, verzweifelter Vater, der sein ganzes Vermögen in die Entwicklung von Medikamenten steckt und gegen die Zeit anrennt, vernachlässigter Sohn, der sich früh von der zerrütteten Familie abgewendet hat und am Sterbebett der Mutter Reue zeigt und zurückfindet –, und die Mission in einem. Das könnte hinhauen!« Max zeigte mit dem Kopf in meine Richtung. »Hoffnung für depressive Menschen: Wie mir das Schicksal meiner Mutter den Weg wies und ich den Kampf gegen eine der größten Geisel der Menschheit aufnahm.«

»Das ist eine hervorragende Idee«, sagte Herbert. »Damit wüssten wir bereits, wer diese Drogenfirma übernimmt.«

»Ich soll die PLM Chemicals übernehmen? Niemals. Ich habe mich noch nie für Chemie interessiert«, wehrte ich ab.

»Aber die Elina Beauté würdest du wollen? Du widersprichst dir schon wieder, Griffel. Die Entwicklung von Kosmetika hat genau so viel mit Chemie zu tun wie die von Medikamenten.«

Ich hatte einen heißen Kopf bekommen, und mein Puls schlug immer schneller. Ich wusste nicht, wie ich mich aus den Widersprüchen lösen sollte, in die ich mich verstrickt hatte. Doch ich hatte Glück. Denis lenkte die Diskussion in eine neue Richtung: »Was hast du eigentlich noch herausgefunden über die PLM?«

»Einiges. Letzte Woche hatte ich die Gelegenheit, mit Alicia Stansted zu sprechen.«

Ich entspannte mich und erzählte meinen Brüdern von meinem Besuch am Firmensitz in Birshausen.

—

Die PLM Chemicals Inc. lag am Dorfrand. Von der Busstation waren es nur wenige Minuten zu Fuß. Ich betrat den unscheinbaren Industriebau.

»Sind Sie Alicia Stansted?«, fragte ich die Frau, die neben dem Empfangstresen stand und gedankenverloren auf ihrem Smartphone herumtippte.

»Ja, die bin ich. Sie müssen Oliver sein, unglaublich, wie sehr Sie Ihrem Vater gleichen. Sagen Sie einfach Lucy. Alle nennen mich so.«

Stansted führte mich in eine Lounge. Alles war in gedämpften Blau- und Grüntönen gehalten.

An der einen Wand hingen Porträts von den Koryphäen, die die Schweizer Psychiatrie hervorgebracht hatte: Auguste Forel, Carl Gustav Jung, der besonders umstrittene Roland Kuhn und der unterdessen hochbetagte Jules Angst. Gegenüber gab es Sinnbilder sinneserweiternder Drogen, Bilder in leuchtenden Regenbogenfarben, mit kaleidoskopartigen Strukturen, Strahlen, Wellen, wabernden Flächen, die ineinanderflossen und in denen das Auge vergebens nach einem Fixpunkt suchte, an dem es sich hätte festhalten können.

Stansted trug eine rosarote Brille und ein T-Shirt, auf dem die Molekülstruktur von LSD abgebildet war. An der Bar ließ sie zwei Tassen Espresso aus der Maschine laufen. Dann setzten wir uns. Das Licht im Raum dunkelte automatisch ab. Die Leuchten, die unsere beiden Sessel beschienen, wechselten von einem bläulichen auf einen rotgelben Farbton. Im Hintergrund zwitscherten Vögel.

»Ich möchte Ihnen unser herzliches Beileid zum Tod Ihres Vaters ausdrücken. Wie schrecklich, wir sind alle tief betroffen. Es war ein Riesenschock für uns, als wir erfuhren, dass Ihr Vater auf der Rückfahrt nach einer Sitzung des Verwaltungsrats einen schweren Unfall erlitten hatte. Wissen Sie, da fühlt man sich mitschuldig. Hätten wir nicht derart ausführlich über ein völlig unwichtiges Detail im neuen Spesenreglement diskutiert, dann wäre die Sitzung rechtzeitig zu Ende gewesen und Ihr Vater wäre nie diesem Lastwagen begegnet. Da beißt man sich an Nichtigkeiten fest und ahnt nicht, welche weitreichenden Folgen das haben wird.«

»Das steht ja nicht in einem direkten Zusammenhang.«

»Natürlich, das weiß ich selbst, schließlich bin ich Naturwissenschaftlerin. Rational gesehen hat das eine nichts mit dem anderen zu tun. Zehn Minuten früher hätte ein anderer Lastwagen dort sein können oder ein Blitz hätte Ihren Vater erschlagen können. Oder es wäre tatsächlich nichts passiert.

Aber was bedeutet schon Rationalität? Selbst wenn wir es gerne so hätten: Nichts im Leben ist rational, zumindest nichts von Bedeutung. Natürlich, wenn es regnet, spannen wir einen Schirm auf, und wenn wir eine Rechnung erhalten, begleichen wir sie, weil wir sonst Probleme kriegen. Das alles ist sicherlich rational. Aber die wirklich wichtigen Dinge des Lebens? Hoffnung, Neid, Kummer, Sehnsucht, Schmerz, Liebe – sie existierten gar nicht in einer rein rationalen Welt. Was für eine schreckliche Vorstellung. Nein, Irrationalität ist die Essenz des Lebens, ohne wären wir nichts als sinnentleerte Maschinen, Zellhaufen, die nichts anderes tun, als chemische Stoffe auszutauschen. Und, wissen Sie, was die größte Gabe ist, die wir Menschen besitzen? Die Gabe, mit Irrationalität umgehen zu können, ohne daran zu zerbrechen.« Sie stoppte abrupt. »Aber wieso erzähle ich Ihnen das alles?«

»Nur weiter! Wir Erben gewinnen gerne einen Eindruck darüber, wer hinter den Firmen steckt, die Vater gehörten. Fakten sind das eine, aber sie erzählen bei Weitem nicht alles.«

—

»Natürlich wollen wir Fakten«, unterbrach mich Herbert, »was soll dieses Geschwätz über die angebliche Bedeutungslosigkeit von Rationalität. Erst das rationale Denken hat die riesigen Fortschritte ermöglicht, die die Menschheit gemacht hat in den letzten Jahrhunderten.

Die gute Frau war wohl auf einem Trip, als du mit ihr gesprochen hast. Und du hast es nicht einmal gemerkt.«

Ich ignorierte Herbert und erzählte weiter.

—

»Mit unserer Gesundheit verhält es sich gleich«, fuhr Stansted fort. »Da gibt es Dinge, die man mit Rationalität lösen kann. Nehmen wir das Beispiel eines Knochenbruchs. Das ist in der Regel ein zweidimensionales Problem: saubere Bruchfläche, mit einer Schiene fixierbar. Wenn Sie Pech haben, ist der Bruch dreidimensional, ein Splitterbruch. Da müssen Sie operieren, aber das Problem ist mit mechanischen Mitteln lösbar. Kommt noch die Zeit hinzu, eine Dimension mehr. Doch normalerweise ist der Bruch in wenigen Wochen geheilt, vielleicht etwas Physio, and that's it. Eine einfache Sache.

Wirklich anspruchsvoll sind die psychischen Krankheiten. Das sind vieldimensionale, komplexe Probleme, die über simple Raum-Zeit-Betrachtungen hinausgehen. Keine ist wie die andere, Ursachen unterscheiden sich, die Reaktionen der Patienten auf die Behandlung ebenso. Einiges ist nachvollziehbar, vieles bleibt im Dunkeln, und wir tasten uns schrittweise und mit vielen Umwegen an eine Lösung heran, falls es überhaupt eine gibt.

Und da stehen wir gerade vor einem großen medizinischen Umbruch, der die Behandlung von psychischen Krankheiten revolutionieren wird. Einmal mehr, darf man sagen. Wir haben enorme Fortschritte erzielt in den letzten rund siebzig Jahren. In dieser kurzen Zeit haben wir einen Quantensprung gemacht, sozusagen vom Mittelalter in die Moderne. Und die PLM Chemicals ist an vorderster Stelle mit dabei bei der nächsten Revolution, dank Ihrem Vater! Welche Voraussicht, da kann ich ihn nur bewundern.

Denken Sie zurück an die Irrenhäuser, in die man die kranken Menschen gesteckt hat, noch bis in die Fünfzigerjahre des letzten Jahrhunderts. Die Behandlungen und die Medikamente, die man ihnen hat zukommen lassen, waren aus heutiger Sicht völlig ungeeignet. Die Patienten müssen Höllenqualen gelitten haben. Ab 1950 kamen die störungsspezifischen psychotherapeutischen Behandlungen auf, äußerst wichtig, ein riesiger Schritt vorwärts. Eine weitere Entwicklung kam fast zeitgleich mit dem Einsatz von Psychopharmaka, den unter anderem Kuhn und Angst«, Stansted zeigte auf die beiden Porträts hinter ihr, »vorangetrieben haben, zuerst die Neuroleptika, dann die Antidepressiva. Und nun steht mit den psychoaktiven Stoffen wie LSD eine nächste Generation von Medikamenten vor der Türe, von denen wir uns sehr viel versprechen.«

»Aber mit den Medikamenten sediert man doch die Leute lediglich. Sollte man nicht bei den Ursachen ansetzen und diese behandeln?«, fragte ich Stansted.

»Wenn es so einfach wäre. Aber nichts ist einfach im Leben, vor allem nicht die menschliche Psyche. Natürlich ist es notwendig, sich mit den Ursachen auseinanderzusetzen. Doch jeder Fall muss einzeln beurteilt werden. Manche Menschen sprechen auf psychotherapeutische Behandlungen besser an, andere auf Medikamente. Meist ist eine Kombination von beidem notwendig, vor allem bei schwereren Erkrankungen.

Beim Einsatz von Medikamenten pauschal von Sedieren zu sprechen ist ohnehin falsch. Die heute verfügbaren Psychopharmaka wirken auf unterschiedlichste Weise. Sie helfen dabei, akute Störungen zu überwinden und die Psyche der Betroffenen so weit ins Lot zu bringen, dass therapeutische Ansätze angewendet werden können. Wenn Sie beispielsweise eine Panikattacke haben, dann ist da nichts als Leiden, Ausweglosigkeit, kaum kontrollierbare körperliche Reaktionen. Sie atmen schnappartig, Ihr Blickfeld engt sich ein, der Druck auf Ihre Brust wird immer stärker, Sie haben Mühe zu denken und zu sprechen. Sie wollen nur noch weg, wissen aber nicht wohin. Da ist kein Platz für eine konstruktive Auseinandersetzung mit den Ursachen.«

»Ich dachte immer, Angst sei ein wichtiges Warnsignal, das man nicht unterdrücken sollte.«

Stansted sah mich zweifelnd an. »Da muss ich ja von vorne beginnen. Hat Ihnen Ihr Vater denn nie etwas erzählt von dem, was wir hier tun? Angst ist nicht dasselbe wie eine Panikattacke. Angst mag nützlich sein und uns vor Leichtsinn und Unheil schützen. Bei einer Panikattacke laufen diese Warnsignale aus dem Ruder, und Sie drehen im dunkelroten Bereich. Das hat nichts mehr mit einer schützenden Reaktion zu tun. Ich kann schlicht keinen Sinn darin erkennen, Menschen unter akuten Krankheitsschüben leiden zu lassen, egal, ob es sich um eine Angststörung, eine Depression oder eine andere psychische Krankheit handelt. Ihnen die Medikamente vorzuenthalten bedeutet nichts anderes, als sie unnötig zu quälen.

Natürlich haben die Medikamente ihre Nachteile. So tritt die Wirkung von Stoffen, die den Serotoninhaushalt des zentralen Nervensystems beeinflussen, erst nach mehreren Wochen ein, und Sie müssen die Medikamente über Monate oder Jahre einnehmen. Äußerst problematisch sind Benzodiazepine, die bei schweren Krankheitsverläufen eingesetzt werden. Sie wirken zwar schnell, aber schon nach kurzer Zeit kann es zu Abhängigkeiten kommen, die man selbst nach Jahren nicht in den Griff bekommt.«

»Und das soll anders sein bei den psychoaktiven Wirkstoffen?«

»Und ob! Wir stehen vor einem Quantensprung. LSD und Co. werden Licht in die dunkelsten Stunden des Lebens von psychisch erkrankten Menschen bringen! Die heilende Wirkung von LSD ist seit seiner Entdeckung bekannt, doch der Stoff ist schnell als Droge in Verruf geraten. Wer damit forschen wollte, wurde stigmatisiert. Erst im Jahr 2008 hat ein Schweizer Forscher die Erlaubnis erhalten, mit wenigen Probanden neue Versuche zu starten. Unterdessen sind viele neue Erkenntnisse dazugekommen.«

»Schön und gut, aber ich verstehe immer noch nicht, was besser sein soll gegenüber den heutigen Medikamenten.«

»Die bewusstseinserweiternde Wirkung! Herkömmliche Medikamente wirken vor allem beruhigend, sie dämpfen negative, aber auch positive Emotionen. Bei Depressionen oder Angststörungen drehen sich die betroffenen Menschen in einer Endlosschlaufe, sie wälzen die immer gleichen Probleme, sie sind festgefahren und sehen keinerlei Ausweg. Halluzinogen oder, neutraler gesagt, psychoaktiv wirkende Stoffe helfen, Verbindungen im Gehirn neu zu knüpfen. Sie öffnen neue Denkräume und schaffen Möglichkeiten, die die Kranken sonst nie in Erwägung gezogen hätten. Die Emotionen werden nicht unterdrückt, im Gegenteil, die betroffenen Menschen lernen, mit ihren Emotionen umzugehen und eine Außensicht auf ihr Ich einzunehmen.

Und wissen Sie was? Eine einzige Gabe könnte bereits genügen. In einzelnen Versuchen hat die Wirkung mehrere Monate angehalten. Stellen Sie sich vor: Eine Pille, und Sie verbringen ein ganzes Jahr in einer ausgeglichenen Stimmung, unbeschwert, ohne depressive Momente, ohne Ängste, das ist doch wunderbar!«

—

Herbert unterbrach mich erneut und neigte sich über den Tisch zu Denis. »Das wäre doch etwas für dich, Mops, dieses Psilocybin. Es soll gegen Klimaneurosen helfen.«

»Was soll denn eine Klimaneurose sein?«, fragte Denis. »Der Begriff Neurose ist seit Längerem nicht mehr gebräuchlich, er wurde als zu wenig differenziert beurteilt.«

»Klimaneurotiker erkennt man an ihrem starren, freudlosen Blick, mit dem sie durch die Straßen gehen. Während sich andere an der Frühlingssonne oder an modisch gekleideten Menschen freuen, analysieren sie alles, was rund um sie geschieht, und berechnen den damit einhergehenden Kohlenstoffdioxid-Ausstoß. Warum stellt der nicht den Motor ab vor der Ampel? Acht Gramm Kohlenstoffdioxid pro zehn Sekunden. Wieso hat diese Frau drei Hunde? Zwei täten es doch auch. 630 Kilogramm Kohlenstoffdioxid pro Jahr. Und wieso isst der da diese Riesenportion Eis, von der ein Teil schmilzt und zu Boden tropft? Was für eine sinnlose Verschwendung und Klimabelastung. Überhaupt, seiner Figur täte es ohnehin besser, darauf zu verzichten.« Herbert trank einen Schluck Wein. »Gehen Klimaneurotiker an noch kühlen Aprilabenden an den Boulevardcafés und Apérobars mit ihren Heizpilzen vorbei, verkrampft sich ihr Magen. Wähnen sie sich unbemerkt, treten sie näher und drehen den Temperaturregler auf die Eins.«

»Deine kindischen Äußerungen zeigen doch nur, dass du ein schlechtes Gewissen hast. Über das Klima nachzudenken ist doch keine Krankheit. Es ist ein Zeichen der Weitsicht, ein Zeichen, dass wir Verantwortung übernehmen für unser Tun. Ein Beweis dafür, dass wir aus Fehlern der Vergangenheit gelernt haben und die Dinge besser machen wollen in Zukunft.«

»Dagegen wäre tatsächlich wenig einzuwenden«, griff Max in die Diskussion ein. »Aber bei dir, Denis, nimmt es pathologische Züge an. Immer nur das schlimmstmögliche Szenario vor Augen zu haben, ständig nachzugrübeln, dich in der Endlosschlaufe des drohenden Niedergangs zu drehen, das macht dich krank. Es ist die größte Leistung unseres Hirns, unangenehme Dinge ausblenden und Widersprüche aushalten zu können. Immer wieder von neuem Hoffnung zu schöpfen, selbst wenn die Ausgangslage, nüchtern betrachtet, wenig vorteilhaft sein mag. Fakten und naturwissenschaftliche Erkenntnisse mögen unverzichtbar sein für vieles in unserem immer komplexer werdenden Alltag und Leben, rationales Denken auch. Doch sind es nicht Optimismus, Spontaneität oder Kreativität, das Loslassen von Normen und Konventionen, die uns Menschen immer wieder weitergebracht haben?«

»Du tönst ja wie diese Lucy Stansted mit ihrer rosaroten Brille und ihrer wilden Theorie über Irrationalität«, sagte Herbert. »Hast du etwa auch von diesem Zeugs genommen? Was waren das für Pillen, die du vor dem Essen geschluckt hast?«

Max ignorierte die Frage. Leise begann er zu singen. »For here am I sitting in a tin can, far above the world, planet Earth is blue, and ...«

»Was soll das?«

»... and there's nothing I can do.« Max lächelte verschmitzt. »Ich schaue von außen auf mich. So, wie Stansted die Wirkung von Halluzinogenen beschrieben hat.«

Herbert schüttelte den Kopf und wandte sich mir zu: »Sag mal, Griffel, wie sieht sie eigentlich aus, diese Stansted?«

»Na ja, blonde Haare, gewellt, nicht ganz auf die Schultern reichend, eine leichte Stupsnase, aber wieso soll das wichtig sein?«

»Also wie im Film.«

»Wie in welchem Film?«

»Wie in Lucy, dem Drogenfilm von Luc Besson, in dem Scarlett Johansson eine Drogenkurierin spielt. Als in ihrem Magen ein Beutel platzt, wird ihr Körper mit Drogen geflutet, und sie erlangt vollständige Kontrolle über Materie, Raum und Zeit.«

»Lucy Stansted ist Wissenschaftlerin, keine Drogenkurierin.«

»Woher willst du das wissen? Bis jetzt konnte niemand Vaters Verdacht widerlegen, dass in diesem Werk in Indien illegal Drogen produziert werden.«

Damit hatte Herbert nicht unrecht. Es war klar, dass dieses Thema heute Abend nochmals zur Sprache käme, und ich hatte bei Stansted entsprechende Abklärungen vorgenommen.

—

»Das alles tönt sehr Erfolg versprechend«, sagte ich, als Stansted eine kurze Pause einlegte, »und wir sind stolz darauf, dass unser Vater eine derart wichtige Rolle spielen konnte bei der Entwicklung neuer Medikamente. Doch übertreiben Sie nicht etwas?«

»Da haben Sie recht. Ich habe mich hinreißen lassen«, antwortete sie. »Die Leute werfen mir immer wieder vor, zu optimistisch zu sein. Das sei unwissenschaftlich. Aber wissen Sie was? Das ist mir egal. Optimismus verleiht uns ungeahnte Kräfte. Nur dank Zuversicht und Euphorie sind wir Menschen dorthin gelangt, wo wir heute stehen. Würden wir immer alles sorgfältig abwägen und sämtliche Risiken ausschließen wollen, kämen wir keinen Schritt weiter.

Doch zurück zu Ihrer Frage. Natürlich gibt es viele Wenn und Aber. Eine Pille einwerfen, und sofort wird alles gut, so einfach ist es nicht. Nicht alles, was wir gerne hätten, ist möglich. Die betroffenen Menschen müssen intensiv therapeutisch begleitet werden, vor der Einnahme des Medikaments und nachher. Eine weitere große Schwierigkeit besteht darin, die richtige Dosierung zu finden. Gerade bei LSD besteht ein äußerst schmaler Grat zwischen *es passiert gar nichts* und *alles läuft aus dem Ruder*. Bei Psilocybin ist es etwas weniger ausgeprägt. Aber auch dort sind wir noch weit von einer therapeutisch gefahrlosen Anwendung entfernt. Deshalb suchen wir nicht nur nach der idealen Dosierung, sondern auch nach neuen Stoffen, die, wie soll ich das einem Laien erklären, weniger heftige, aber trotzdem wirksame Reaktionen auslösen, und zwar bei ganz unterschiedlichen Patienten und Krankheitsbildern. Das ist der Bereich, in dem wir bei der PLM Chemicals forschen, und bei dem wir weltweit führend sind.«

»Mich interessiert noch etwas anderes, Frau Stansted. Mein Vater hat vor rund drei Jahren den Betrieb in Indien besucht. Dabei hat er festgestellt, dass die vorhandenen Anlagen wesentlich mehr produzieren können, als in den Jahresberichten ausgewiesen wird. Zudem war er der Meinung, dass alle Anlagen unter Volllast liefen. Können Sie mir diesen Widerspruch erklären?«

Sie lächelte schmallippig und erhob sich. Die Begeisterung, mit der sie mir soeben noch von ihrer Forschung erzählt hatte, war weg.

»Es tut mir leid, aber solange der Erbgang noch nicht vollstreckt ist und weder Sie noch einer Ihrer Brüder rechtsgültig als neuer Mitbesitzer im Handelsregister eingetragen ist, kann ich Ihnen keine Auskünfte geben. Informationen zum Geschäftsgang oder zu anderen vertraulichen Fragen darf ich ausschließlich der Willensvollstreckerin Ihres Vaters geben. Sie verstehen das sicher.«

Es gab nichts mehr zu besprechen, und mit einer dezenten Handbewegung wies mich Stansted zum Ausgang. Ich verabschiedete mich von ihr.

Zurück zu Hause, rief ich Marta Senti an. Ich bat sie, Stansted nochmals intensiv zu befragen bezüglich des Verdachts auf illegale Drogenproduktion. Doch Senti blockte ab. Mit dem Tod unseres Vaters beschränke sich ihr Mandat ausschließlich darauf, für eine möglichst schnelle und reibungslose Abwicklung des Erbvorgangs im Sinne des Letzten Willens des Verstorbenen zu sorgen. Alles andere seien Zusatzaufwände, die sie nicht berechtigt sei zu leisten, weil sonst das Erbe auf unzulässige Weise geschmälert würde, was ihr eine Rüge durch die Standeskommission eintragen könnte wegen mangelhafter Wahrnehmung ihres Mandats als Willensvollstreckerin.

—

»Griffel, du hättest bestimmter auftreten sollen. Es war definitiv ein Fehler, diese Abklärungen allein dir zu überlassen.«

»Ich hätte Oli ja schon begleitet. Wenn da nur diese Verkehrstafel nicht gewesen wäre. Warum nur trifft es immer mich?«

Max rieb sich wieder das Knie. Dann stand er auf, stemmte die Arme in die Seite und drückte seine Hüften nach links und nach rechts. Den Kopf bewegte er in die Gegenrichtung.

Herbert sah Max an, zuerst die Hüften, dann das Knie. Dann blickte er ihm direkt in die Augen. »Ist es nicht das Knie, das dich schmerzt?«

»Doch, aber mein Hinken führt zu einer unregelmäßigen Belastung meines ganzen Bewegungsapparates. Es kommt zu einer muskulären Dysbalance, wie das im Fachjargon heißt. Das ist eine Langfristfolge der Behinderung, die sich leider kaum vermeiden lässt.«

»Lass das weinerliche Getue. Das hilft uns nicht weiter.«

»Wir erben somit eine Firma, ohne zu wissen, ob sie in krumme Geschäfte verwickelt ist oder nicht«, bilanzierte Denis. »Könnten wir nicht per Gerichtsbeschluss mehr Informationen aus den beiden Damen herausholen?«

»Vergiss es, Mops, in vier Wochen ist die Zeit um. Wenn wir uns bis dann nicht einigen, geht das Erbe flöten. In dieser Zeit erhältst du vom Gericht im besten Fall eine Eingangsbestätigung für dein Begehren.«

»Faktisch müssen wir uns heute Abend einig werden. Ab morgen ist Herbert für zwei Wochen im Ausland. Die letzten zwei Wochen benötigen wir, um den behördlichen Kram zu erledigen – Verträge aufsetzen, unterschreiben, notariell beglaubigen lassen und so fort.«

Wir nippten an unseren Gläsern und schwiegen. Ich ging zur Kommode, holte eine neue Flasche Wein, die ich zuvor bereits geöffnet hatte, und schenkte nach. Mit dem bisherigen Verlauf des Abends konnte ich zufrieden sein. Es hatte zwar einige Schrecksekunden gegeben, doch am Ende zählte das Resultat: Meine Brüder hatten meinen Alleingang hingenommen, wenn auch zähneknirschend. Ich hatte über die Firmen erzählt, was unbedingt zu erzählen war, aber auch nicht mehr. Jetzt würde der schwierigere Teil kommen, die Zuteilung der Firmen. Natürlich hatte ich mir Vorgehensweisen und Argumente überlegt, wie ich zur Elina SA kommen könnte, doch eine eigentliche Strategie hatte ich nicht. Es gab einfach zu viele Unwägbarkeiten, obwohl sich meine Brüder bisher wie erwartet verhalten hatten. Ich würde situativ reagieren und Glück haben müssen, um mein Ziel zu erreichen.

Nach einer Weile nahm Herbert den Faden wieder auf. »Schöne Geschichten, die du uns da erzählt hast. Jetzt bin ich gespannt auf die Fakten.«

»Was willst du denn noch? Das waren doch nichts als Fakten.«

»Zahlen, mein lieber Griffel, belastbare und überprüfbare Zahlen. Umsatz, Gewinn, Cashflow, ROI, EBIT, EDTA, Eigenkapitalquote, Anzahl Mitarbeitende, Umsatz pro Mitarbeiter.«

»Für was brauchst du diese Zahlen?«

»Die muss ich doch kennen, bevor ich definitiv die Elina Beauté SA wähle.«

»Da musst du etwas falsch verstanden haben. Du wählst hier gar nichts. Wir entscheiden gemeinsam, wer welche Firma bekommt, und dabei spielen diese Zahlen keine Rolle.«

»Jetzt kommt mal auf den Boden, meine lieben Brüder: Ihr wollt nicht etwa Perlen vor die Säue werfen? Es liegt doch auf der Hand, dass ich mit meiner Erfahrung als Unternehmer und mit meinen Managementskills am besten geeignet bin, diese Elina SA zu übernehmen.«

»Unternehmen zu führen mag nicht unser tägliches Geschäft sein, aber so einfach lassen wir uns nicht vorführen, Herbert. Denkst du tatsächlich, dass du dir die Elina SA auf eine solch plumpe Art angeln kannst?« Ich musste einen Gang hochschalten, um Herbert Paroli zu bieten. Oft genug hatte ihn sein großmauliges Auftreten zum Erfolg geführt. »Diese Goldgrube geht nicht kampflos an dich.«

»Es graut mir vor der Vorstellung, dass die Elina SA in die Hände eines Beamten, eines Schriftstellers oder eines Maklers gelangen könnte.«

»Ich arbeite nicht mehr als Makler«, warf Max ein, der sich wieder gesetzt hatte, nachdem er noch seine Unter- und Oberschenkelmuskeln gedehnt hatte.

Wir schauten ihn erstaunt an.

»Seit wann das?«

»Was machst du jetzt?«

»Ich habe mich auf Entmietungen spezialisiert und habe in den letzten Monaten bei einem der führenden Immobilienunternehmen eine neue Abteilung aufgebaut.«

»Wie bitte, Entmietungen?«

»Wenn Mehrfamilienhäuser umfassend renoviert werden oder einem Ersatzneubau weichen sollen, müssen die Mieter in der Regel ihre Wohnungen verlassen. Das Ziel einer professionellen Entmietung ist es, Härtefälle abzufedern und die Kooperationsbereitschaft der betroffenen Mieterschaft zu fördern. Ihr könnt euch nicht vorstellen, wie unsensibel gewisse Immobilienfirmen früher mit diesen Fällen umgegangen sind. Das soll in Zukunft nicht mehr geschehen.«

»Kuschelkündigungen sind das«, empörte sich Denis. »Man gibt sich rücksichtsvoll und großzügig, aber letztlich geht es nur darum, die Leute loszuwerden, weil die Profitgier der Besitzer keine Grenzen kennt.«

»Das ist eine ernsthafte Angelegenheit. Jeder meiner Mitarbeiter durchläuft eine dreiwöchige Intensivausbildung: eine Woche psychologische Schulung mit Schwerpunkt Umgang mit kritischen Situationen, eine Woche rechtliche Grundlagen aus Sicht des Vermieters und eine Woche Selbstverteidigung. Ihr glaubt nicht, wie impulsiv und aggressiv heute die Mieter reagieren, wenn ihnen mitgeteilt wird, dass sie ihre Wohnung verlassen müssen. Manche von ihnen erleiden einen regelrechten Kontrollverlust, darauf müssen wir gefasst sein und uns notfalls wehren können. Die wollen nicht begreifen, dass sie bis jetzt unglaubliches Glück hatten mit ihrer unter Wert vermieteten Wohnung und dass es jetzt an der Zeit ist, ihren Beitrag daran zu leisten, dass der Vermieter seine Geschäftsgrundlage langfristig sichern kann.«

»Schickt man für so was nicht Frauen hin?«, warf Herbert ein.

»Es gilt, die ideale Kombination zu wählen. Meist gehen wir zu zweit hin, good Cop und bad Cop sozusagen. Ein Blumenstrauß, eine Spezialität aus der Konditorei, etwas, das sie sich normalerweise nicht leisten können, ist auch dabei, und Taschentücher, falls sie zu weinen beginnen.

Das ist übrigens bei Weitem unangenehmer, als wenn sie ausrasten. Wenn sie mit zittrigen Händen dastehen und irgendetwas stammeln von sind schon seit fünfzig Jahren hier. Da musst du einen einfühlsamen Satz bereit haben, wer rastet, der rostet, der Wandel ist die einzige Konstante im Leben, jede Krise ist eine Chance, die Zeiten ändern eben, oder so was.

Natürlich ist es das Ziel des Besuchs, dass sie die Kündigung unterschreiben und zusätzlich das Formular, mit dem sie bestätigen, auf die Einleitung von rechtlichen Schritten verzichten zu wollen.«

Wir schwiegen betreten. Max war so schwer zu fassen in seinen Extremen. Ich wusste nicht, was ich schlimmer fand: Seine nüchternen Analysen, die meist in einen Zynismus abglitten, der nahezu körperlichen Schmerz auslösen konnte, oder seine labile, zerbrechliche Seite, weil er den Verlust von Mutter und die Sache mit Sarah immer noch nicht verkraftet hatte. Gleichzeitig war ich mir sicher, dass das mit den Entmietungen nicht lange gut gehen würde. Die Überwindung der eigenen Verbitterung im Unglück anderer Menschen zu suchen, das war doch keine Lösung.

Als Erster reagierte Herbert. »Hast du aufgepasst, Mops? So was kann nur die Marktwirtschaft leisten. Kaum entsteht ein neues Bedürfnis, kreiert sie ein passendes Angebot und schafft damit neue Jobs. Da kannst du was lernen von deinem Bruder.«

»Darin ist deine Marktwirtschaft tatsächlich unübertroffen: das Leid anderer zu nutzen und ein Geschäft daraus zu machen.«

»Und was hat uns der real existierende Sozialismus gelehrt? Der ist keinen Deut besser, der …«

»Liebe Brüder, so kommen wir nirgends hin«, unterbrach ich die beiden. »Es geht heute Abend weder um die Marktwirtschaft im Allgemeinen noch um Entmietungen im Speziellen, sondern um die vier Firmen, die wir erben. Fassen wir doch zusammen, wo wir stehen. Wer möchte welches Unternehmen am liebsten? Aus den bisherigen Äußerungen wurde klar, dass Herbert und ich Ambitionen auf die Elina Beauté SA haben. Wie sieht es bei dir aus, Max?«

»Die Elina SA ist auch mein Favorit.« Max schaute uns mit einem Lächeln an.

Typisch Max. Es war unklar, ob er es ernst meinte oder ob er lediglich Herbert und mich herausfordern wollte. Klar war hingegen, dass damit die ganze Angelegenheit noch unberechenbarer wurde.

»Und du, Denis?«

»Der weiß nur, was er nicht will«, sagte Herbert, ohne eine Reaktion von Denis abzuwarten. »Nicht die Frösche, zu viel Abfall, nicht die Kosmetika, überflüssiger Luxus und an das Videostudio gar nicht zu denken, nicht die Spielzeuge, weil er schon immer gegen Krieg war, und selbstverständlich nicht die Drogen, weil, ja, warum eigentlich nicht? Ist doch klar, welcher Gutmensch will schon mit der Produktion von Drogen zu tun haben?«

»So einfach mache ich mir die Sache nicht. Es geht doch darum, unsere Zukunft im Blick zu haben, darum, den kommenden Generationen intakte Lebensgrundlagen zu hinterlassen und die Klimakrise zu bekämpfen.« Denis sprach immer schneller und riss Fetzchen aus seiner Papierserviette. »Da muss ich einfach feststellen, dass diese vier Firmen hierzu keinen Beitrag leisten. Viel sinnvoller wäre es, wenn ...«

»Komm mal auf den Boden, Mops. Wir sind nicht in der idealen Zukunft, sondern im Hier und Jetzt, und dieses Hier und Jetzt hat uns vier Firmen beschert, die wir untereinander aufteilen müssen. Nicht mehr und nicht weniger.«

»Wenn wir immer nur von dem ausgehen, was im Moment gerade ist, bewegen wir uns nie und werden nie die notwendigen Änderungen ...«

»Halt den Mund, du nervst!«

»Habt ihr das gehört? Typisch Herbert, der hat sich keinen Deut geändert. Sobald er keine Argumente mehr hat, wird er ausfällig.«

Und zu Herbert gewandt: »Du weißt genau, dass ich recht habe.«

»Du magst tatsächlich recht haben, Mops. Aber weißt du was? Das kümmert mich nicht. Ich kann denken und tun, was ich will, egal ob du recht hast oder nicht.«

»Aber wir stehen doch in der Verantwortung und müssen mehr tun gegen die Klimakrise.«

»Wieso? Gegenüber wem sollte ich irgendeine Verantwortung haben?« Herbert schaute sich im Raum um, als ob er jemanden suchte, gegenüber dem er sich für sein Tun rechtfertigen müsste. »Ich halte mich an die Gesetze und zahle pünktlich meine Steuern. Und wenn die Mehrheit strengere Gesetze beschließt gegen den Klimawandel, dann werde ich mich auch an diese halten. Aber interessieren wird mich das weiterhin nicht, und niemand kann von mir verlangen, dass ich mich dauernd damit beschäftige, was in hundert oder in tausend Jahren sein wird. In zehn Jahren könnte ein Meteorit allem ein Ende setzen, oder schon morgen könnte ich im Supermarkt auf einen irregeleiteten Bogenschützen treffen, der mich ins Jenseits befördert. Zufallsopfer wird es dann so schön heißen in den News. Ich erwarte genauso wenig von dir, dass du dich für Jazz oder Agility-Training für Hunde interessierst.«

»Das ist doch nicht dasselbe. Hier geht es um unser Klima und um die Natur, die vor die Hunde gehen.«

»Um welche Natur genau soll es gehen? Um die Natur, wie wir Menschen sie uns vorstellen? Der Natur ist es völlig egal, was passiert. Sie kann nicht denken. Einige Menschen mag es traurig stimmen, wenn ein Eisbär stirbt, der keine Nahrung mehr findet, weil das Eis geschmolzen ist. Für den Eisbären ist das zweifellos ein existenzielles Problem und vermutlich eine äußerst qualvolle Erfahrung. Aber er versteht nicht, wieso ihm das passiert. Nahrungssuche ist sein Alltag, und manchmal hat dieser Alltag die unschöne Konsequenz, dass er keine Nahrung bereithält. Vom Klimawandel hat der Eisbär noch nie etwas gehört und dem Menschen wird er keine Schuld geben für seinen frühzeitigen Tod.«

»Du tust, als ob Tiere keine Empfindungen hätten und keine Emotionen zeigten. Dabei ist schon lange klar, dass dem nicht so ist und dass sie mitunter wegen uns Menschen unter großen Qualen leiden. Natürlich habt ihr Tiere Emotionen, nicht wahr Kasimir?« Denis streichelte Kasimir, der sich unbemerkt angeschlichen hatte und ihm um die Beine strich. »Ich merke doch, wenn dir etwas fehlt.« Denis schob die Essensreste, die er in seinem Teller hinterlassen hatte, auf seine Gabel, bückte sich nach vorne, wozu er seine Beine spreizen musste, damit genug Platz für seinen Bauch blieb, und fütterte Kasimir.

»Ich quäle den Eisbären doch nicht. Es ist nichts anderes als eine Folgeerscheinung unserer wirtschaftlichen Tätigkeit, dass seine Nahrungsquellen knapper werden, ein Kollateralschaden sozusagen. Im Tierreich passiert es tagtäglich, dass sich eine Art auf die Kosten einer anderen ausbreitet. Wieso spricht man beispielsweise vom Pech der Maus, als Beute geboren zu werden? Ob Räuber oder Beute, das ist schlicht Schicksal. Dafür kannst du mich nicht verantwortlich machen, Mops.«

»Sehr wohl kann ich das. Im Gegensatz zu den Tieren sind wir fähig, die Konsequenzen unseres Handelns zu erfassen. Früher mag deine Ausrede akzeptabel gewesen sein, als wir die Zusammenhänge noch nicht ausreichend verstanden haben. Aber heute? Von dem Moment an, in dem wir uns der Zusammenhänge bewusst werden, sind wir auch für sie verantwortlich. Das sehen selbst die Gerichte mehr und mehr so und verpflichten Staaten und Firmen zu mehr Engagement gegen die Klimakrise.«

Herbert verwarf seine Hände und schaute zu Max und zu mir. »Bringt den endlich zur Vernunft. Ich habe nicht ewig Zeit heute Abend, ich muss noch einige Dinge korrigieren an unserem Angebot.«

»Was sollen wir schon tun?«, fragte ich. »Denis hat genauso ein Recht, seine Meinung zu äußern wie du.«

»Und bedenkenswert ist es schon, was er sagt, um ehrlich zu sein«, ergänzte Max. »Wir sollten seine Argumente ernst nehmen.«

»Das ist wie früher. Ihr habt euch genauso wenig geändert wie ich mich. Ihr labert hier rum und drückt euch vor jeder Entscheidung, nur um am Ende mit euren Fingern auf den geldgierigen und kaltherzigen Herbert zeigen zu können. Der war es. Der trägt die Schuld, dass es so gekommen ist, wie es jetzt ist. Das habe ich so satt!«

Herbert knallte die Faust auf den Tisch. Das Weinglas vor ihm geriet ins Schwanken. Kasimir, der noch neben Denis stand und sich die Schnauze leckte, floh in die Küche.

»Ein Wunder! Herbert zeigt Gefühle«, sagte Max, komplett regungslos. »Mir kommen die Tränen.« Und nach einer Pause: »Komm, Herbert, sprich mit uns über deine Gefühle! Das lernt ihr doch in euren Managementseminaren. Empathie, Achtsamkeit, Soft Skills, Deep Listening, damit befasst ihr euch doch den ganzen Tag. Lass uns ein Check-in machen: Wie geht es dir heute? Mit welchen Erwartungen, Hoffnungen, Bedenken, Ängsten bist du an unser Treffen gekommen? Was muss heute passieren, damit du dieses Treffen mit guten Gefühlen verlassen wirst?«

»Raus aus der Komfortzone, Herbert!« Denis hatte die rechte Hand in Richtung Herbert gestreckt und machte mit dem Zeigefinger eine schnelle, sich wiederholende, gegen sich gerichtete Bewegung. »Erzähl mal, wie es war, als dich die schöne Desiree wegen deiner schiefen Zähne verspottet hatte. Und wie war das vor vier Jahren, als du einmal mehr nicht befördert worden warst und weiterhin mit der alten Karre zu den Kunden musstest? Als du wie ein geschlagener Hund durch die Etagen schlichst und alle hinter deinem Rücken tuschelten? Wie hat sich das angefühlt?«

»Herbert, wir sind deine Brüder, wir halten zu dir. Hier kannst du über deine Gefühle sprechen. Raus damit, das befreit!«

»Hieße ich Musk oder Bezos, würdet ihr mir zu Füßen liegen. So aber bin ich der miese kleine neoliberale Kapitalist, der für alles Übel auf der Erde verantwortlich ist. Für den Klimawandel sowieso, für Corona, dafür, dass Afrika nicht vom Fleck kommt, für die angeblich sich öffnende Lohnschere in der Schweiz und wohl selbst dafür, dass unser Schriftstellergenie bis heute unentdeckt geblieben ist und Mops keine Frau findet.«

Herbert wandte sich ab.

»Und das mit Desiree geht euch nichts an.«

»Schaut ihn an!« Max war aufgesprungen, hüpfte kaum sichtbar von einem Bein aufs andere und rieb sich die Hände. »Jetzt weint er gleich. Endlich haben wir ihn so weit.«

»Stopp jetzt!«, intervenierte ich. Allmählich befürchtete ich, dass alles aus dem Ruder liefe und wir zu keinem Ende kämen. Damit wäre der Traum von der Elina endgültig geplatzt. »So geht das nicht. Das zersetzt unsere Familie, wenn wir ständig aufeinander herumhacken.«

»Die haben wir längst zerstört«, entgegnete Max, jetzt wieder in weinerlichem Ton, »denkt nur an Mutter und Sarah.«

»Das ist doch nicht unsere Schuld, dass Mutter krank wurde«, widersprach Denis, »und das mit Sarah …«

»Es reicht! Wir dürfen nicht nur immer das Negative im anderen sehen. Was werden unsere Kinder einst von uns halten? Da war nichts als Streit, Missgunst, würdeloses Gekeife um Kleinigkeiten.«

»Du hast ja recht, Oli«, sagte Max nach einigem Zögern, »der Herbert, der hat zweifellos auch seine guten Seiten.« Er trat zu seinem Bruder und klopfte ihm auf die Schultern.

Denis pflichtete bei: »Wir brauchen einen Neustart in unserer Beziehung und müssen einander auf Augenhöhe begegnen. Lasst uns vergessen, was bis jetzt war.«

»Genau, lasst uns zuprosten, auf eine neue Ära des gegenseitigen Verständnisses und der Rücksichtnahme.«

»Erinnert ihr euch an den Treueschwur, den wir einst geleistet haben, auf der Lichtung im Wäldchen hinter unserem Haus? Den sollten wir erneuern.«

»Mit Blut?« Denis schaute entsetzt.

»Aus dem Alter sind wir doch raus. Alkohol tut es auch.«

Max hatte die Weinflasche in die Hand genommen und schenkte ein. Wir standen auf und hoben die Gläser.

»Ewig wollen wir gute Brüder sein!«

»Stets werden wir uns zur Seite stehen!«

»Zusammen sind wir stark!«

»So wahr wir es hier mit diesem Glas Wein bezeugen.«

Wir leerten die Gläser, und Max schenkte nach.

»Auf den Kapitalismus!« Herbert grinste wieder.

»Hasta la victoria siempre!«

»Selbst dieses Virus erledigen wir!«

Wir prosteten uns zu.

»Ach, ist das schön mit euch.«

»Wie früher, als wir eine richtige Bande waren.« Denis zeigte mit seiner Hand auf das Foto auf der Kommode.

»Und die Nachbarsbuben zur Verzweiflung trieben, als wir jeden Abend die Luft aus den Reifen ihrer neuen Fahrräder ließen, um die wir sie so sehr beneideten.«

»Erinnert ihr euch, wie Denis in Daniela verliebt war und nicht wusste, wie er es ihr sagen sollte? Wir wussten es auch nicht. Wir saßen im Estrich und hielten Kriegsrat. Da wir keine überzeugende Lösung fanden, fragten wir Sarah, wie sie vorginge.«

»Nur war ihr Tipp leider falsch, und die Sache mit Daniela ging gründlich schief«, beklagte sich Denis, als ob es gestern gewesen wäre.

»Was wohl weniger an Sarahs Tipp lag, als an der mangelhaften Ausführung.«

»Wie gut wir es doch hatten, ganz früher, als Mutter noch gesund war und unsere Familie zusammenhielt.«

»Auf unsere Mutter selig!«

Wir hoben unsere Gläser erneut. Max legte seinen Arm um die Schultern von Herbert und drückte ihn an sich.

»Auf unseren Vater selig!«

»Und auf Sarah!«, rief Herbert.

»Auf Sarah!«, doppelte Denis nach.

Max löste sich von Herbert und wandte sich ab. Es wurde still, und wir schauten betreten aneinander vorbei. Nach einer Weile leerten wir die Gläser und setzten uns wieder hin. Denis ergriff als Erster wieder das Wort: »Und jetzt?«

»Was und jetzt?«, fragte ich.

»Wie machen wir das mit Herbert?«

»Was gibt es denn da zu tun?«

»Wie gehen wir konkret vor, um nicht in unser altes Muster zu verfallen und nur das Schlechte in ihm zu sehen?«

»Wir sollten uns überlegen, welches die positiven Eigenschaften von Herbert sind und diese in Zukunft regelmäßig aktiv ansprechen.«

»Das ist eine hervorragende Idee«, stimmte mir Max zu. »Das würde sich zudem gut machen in deinem Buch. Das Feuilleton sieht es nicht gerne, wenn einzelne Charaktere zu platt gezeichnet werden. Ich habe kürzlich gelesen, dass der Typus des üblen Kapitalisten die Gegenwartsliteratur förmlich durchziehe und immer dasselbe Klischee bedient werde. Da könntest du einen Kontrapunkt setzen und die Kritiker beeindrucken.«

»Lasst uns eine Liste machen«, schlug Denis vor. »Oli, wo hast du was zum Schreiben?«

Ich ging zur Kommode und wollte die zweitoberste Schublade öffnen. Sie klemmte, und ich rüttelte an ihr, bis sie aufging. Ich nahm ein Blatt Papier und einen Bleistift heraus und setzte mich wieder.

»Wer beginnt? Die guten Seiten von Herbert!«

»Er hört gerne Jazzmusik«, sagte Denis.

»Er liebt Schokoladenkuchen«, ergänzte Max.

»Das sind doch keine Eigenschaften, das sind Vorlieben. Positive Charaktermerkmale sind gesucht.«

Denis zuckte mit den Achseln. »Du stellst Fragen. Da kommt mir grad nichts in den Sinn.«

»So spontan? Da müsste ich etwas nachdenken«, ergänzte Max. »Und du selbst?«

»Ich?« Ich drehte den Bleistift in den Fingern und zeichnete einige Kreuze auf das Papier. »Vielleicht das: ein liebevoller Onkel? Genau, ein großzügiger Onkel. An Ostern hat er unseren Kindern zwei Schokoladenhasen geschenkt. Dabei hat er keine Mühen gescheut. Stellt euch vor, die kamen sogar per Kurier, am Ostermontag gegen Abend. War das ein Gaudi für die Kinder, der Kurier trug plüschene Osterhasenohren.«

»Das soll lustig sein? Das ist eine Entwürdigung des Individuums im Namen des grenzenlosen Konsums und des Big Business.« Denis rieb mit seiner rechten Hand in kleinen, hastigen Bewegungen auf dem Tisch hin und her, wie immer, wenn ihm etwas nicht passte. »Genauso, wie wenn sich Verkäuferinnen im Supermarkt Hasenzähne unterhalb der Lippen aufmalen oder an Nikolaus rote Mützchen tragen. Kürzlich habe ich gesehen, wie zwei sogenannte Produkte-Promoter als rote Kaffeekannen verkleidet durch die Straßen getingelt sind. So weit hat es der Kapitalismus getrieben mit uns. Tiefer kann man nicht fallen.«

»Immerhin haben die Arbeit«, entgegnete Herbert.

»Bullshit-Jobs.«

»Und wie steht es um deine so hochgelobten Nonprofit-Organisationen? Die tun genau dasselbe. Die schicken ihre Leute als Tiger oder Eisbären verkleidet auf die Jagd nach Stimmen und Mitgliedern.«

»Das kann man nicht vergleichen. Die machen das freiwillig.«

»Das ist noch schlimmer. Hast du mal gesehen, welch hohe Einnahmen die erzielen? Dutzende von Millionen Franken im Jahr. Und wie viel die verdienen in ihren Konzernzentralen, pardon, in ihren Sekretariaten, wie sie das verniedlichend nennen, um die Leute glauben zu machen, dass sie auf Holzstühlen eng an eng um einen alten, wackligen Tisch säßen und ihre Dankesschreiben nach wie vor mit der Schreibmaschine verfassten, für jeden Spender persönlich unterschrieben, falteten, in ein Couvert schöben, es mit einem feuchten Schwämmchen zuklebten und dann frankierten? Gleichzeitig jagen sie ihre Freiwilligen bei dreißig Grad im Schatten auf die Straße, ohne Entschädigung. Das nenne ich Ausbeutung. Da sind die zwanzig Franken Stundenlohn, die du als Promoter kriegst, alleweil besser.«

»Immerhin weisen die Nonprofit-Organisationen ihre Kosten transparent aus, im Gegensatz zu deinen kapitalistischen ...«

»Ich muss feststellen, dass unser Treueschwur noch nicht die gewünschte Wirkung zu entfalten scheint«, unterbrach Max die beiden. »Wir hätten trotzdem Blut nehmen sollen.« Er nahm ein Messer vom Tisch und gab vor, sich seinen Unterarm zu ritzen.

Ich nutzte die Chance, die sich mir durch den Unterbruch bot: »Können wir uns auf das konzentrieren, was wichtig ist heute Abend? Wo waren wir stehen geblieben? Herbert, Max und ich wollen die Elina SA und Denis möchte am liebsten keine der Firmen und die Welt retten. Wie kommen wir da weiter?«

»Wie würde Sarah entscheiden?«, fragte Max. »Wem würde sie die Elina SA geben?«

»Lass endlich das Spiel mit Sarah!« Herbert schaute Max mit verkniffenem Mund an. »Das ist eine rein hypothetische Frage, deren Beantwortung uns nicht weiterbringt, da sie nicht hier ist und auch nicht mehr kommen wird.«

»Wir sind jedenfalls immer gut gefahren, wenn wir auf ihren Rat gehört haben. Wisst ihr noch, als es darum ging zu entscheiden, was mit dem Elternhaus geschehen soll, als bis auf mich alle ausgezogen waren?«

»Vater überlegte, ob er es verkaufen solle, da er ohnehin viel unterwegs war«, antwortete Denis. »Er fragte uns nach unserer Meinung. Wir waren uns uneins. Du und ich waren für Behalten, Herbert und Oli für Verkaufen. Den Ausschlag gab Sarah. Wir sollten uns überlegen, was das Beste für Mutter wäre, legte sie uns nahe. Mit ihrer Krankheit falle es ihr sicher schwer, sich an eine neue Umgebung zu gewöhnen. Wenn es nach ihr ginge, behielte sie das Haus.«

»So war es. Wir überzeugten Vater, das Haus zu behalten, und waren später froh, auf Sarah gehört zu haben.«

»Du warst vielleicht froh«, entgegnete Herbert.

»Zumindest haben wir uns weniger gestritten.«

»Da gab es auch noch keine vier Firmen, die wir unter uns hätten aufteilen müssen. Ich begreife nicht, wie Vater uns das antun konnte. Zum einen dieses Sammelsurium an fragwürdigen Engagements, mal abgesehen von der Elina SA, und zusätzlich das Verbot, die Firmen zu verkaufen.« Herbert war aufgestanden und ging hastig im Raum auf und ab.

»Ihr habt nichts begriffen«, sagte Max. »Erkennt ihr denn nicht das Muster, das sich durch Vaters Engagement zieht? Das Gute! Er hat das Gute unterstützt. All diese Firmen machen Menschen glücklich, jede auf ihre Weise. Und seht ihr nicht die Absicht hinter seinem Testament? Er verachtet uns für unseren Kleingeist. Er wusste genau, dass wir uns nicht würden einigen können. So wird wenigstens die Hälfte seiner Hinterlassenschaft weiterhin Gutes bewirken, indem sie an einen gemeinnützigen Zweck geht. Sogar uns gegenüber blieb er nachsichtig: Mit der Zeitklausel von sechs Monaten verhindert er, dass wir uns jahrelang streiten. In wenigen Wochen ist alles überstanden. Lasst uns nur einmal so großzügig denken wie unser Vater, statt immer zu streiten.«

»Ich sehe keinen Grund, wieso wir diese Aufteilung nicht hinkriegen sollten«, sagte Herbert und setzte sich wieder. »Wollt ihr klein beigeben, bevor wir überhaupt richtig zu verhandeln begonnen haben? Ich weiß, meine zartbesaiteten Brüderchen sind sich das Feilschen nicht gewohnt. Jetzt könnt ihr mal was von eurem Herbert lernen.« Er drückte seine Brust durch, strich seine Haare nach links und nahm einen Schluck Wein.

»Und was wäre das? Als Erstes einen Anwalt zu engagieren?«

»Vielleicht wäre dies doch der Moment, um die Bewertung mit den vierundzwanzig verschiedenen Optionen vorzunehmen, so wie ich es vorher vorgeschlagen habe.« Denis war aufgestanden und hatte sich einige Krümel vom T-Shirt gewischt. »Im Sinne der Sache und weil es bereits halb elf ist, wäre ich bereit, das Resultat eines solchen, auf Fakten basierenden Verfahrens zu akzeptieren und diejenige Firma zu übernehmen, die mir zufällt.«

»Wenn die Leistungen, die jeder von uns bis heute erbracht hat, ebenfalls zu diesen Fakten zählen und gebührend berücksichtigt werden, dann können wir es versuchen«, willigte ich ein.

»Einverstanden«, sagte Herbert, »da ihr meinen unternehmerischen Leistungen nichts Vergleichbares entgegenzusetzen habt, sind wir schnell durch mit der Bewertung.«

»Ich habe eher an die Leistungen gedacht, die jeder von uns für unsere Familie erbracht hat«, entgegnete ich, »da ergibt sich doch ein anderes Bild. Schließlich habe ich mich am meisten um Mutter gekümmert.«

»Das stimmt doch nicht, ich habe genauso viel für sie getan«, widersprach Max. Luft pfiff durch seine Zähne.

»Nein, ich war es, der die schönen Wochenenden bei Mutter verbrachte, wenn du Sport triebst oder nach deinem Unfall in die Berge fuhrst und wenn Herbert mit seiner Familie in den Europapark reiste. Ich«, ich tippte mit dem Finger auf meine Brust, »ich habe insgesamt über siebenhundert Stunden für Mutter aufgewendet, während es bei dir rund vierhundert waren und bei Herbert noch weniger.«

»Hast du etwa Statistik geführt?«

Ich stockte.

»Raus mit der Sprache!«

»Nein, nein, Mutter hat das alles selbst gemacht. Sie hat Kreuze gemacht, wenn jemand von uns zu Besuch kam, und Striche, wenn jemand telefonierte. Abends, bevor sie ins Bett ging, hat sie sich jeweils an den Stubentisch gesetzt, ihren Kugelschreiber mit den eingravierten Initialen und eines ihrer vielen Notizhefte hervorgesucht und die Einträge vorgenommen.«

»Sei schon ehrlich, Oli«, ereiferte sich Max. »Da waren keine Notizhefte und kein Kugelschreiber. Mutter hat mir die Excel-Tabellen gezeigt, die du vorbereitet hattest und in die sie die Einträge machen sollte. Den Zettel, auf den du notiert hast, wie man den Computer einschaltet und Excel startet, hat sie mir auch gegeben.«

Hatte Mutter die Tabelle Max aus eigenen Stücken gezeigt, oder hatte er mir früher etwa nachspioniert? Was, wenn er es immer noch tat? Blut schoss in meinen Kopf. Ich verdrängte den Gedanken.

»Ich dachte, so könne sie sich etwas ablenken, wenn es ihr ganz schlecht ging«, versuchte ich mich zu rechtfertigen.

»Einen Strich gab es für ein Telefonat von fünf bis zehn Minuten Dauer, einen zusätzlichen für jede weiteren fünfzehn Minuten. Einen Stern für das Erledigen eines Einkaufs, einen Zusatzstern, wenn sie mitkommen durfte. Ein Kreuz für je fünfzehn Minuten eines Besuches, ab der dritten Stunde ein Kreuz pro zehn Minuten.«

»Hast du das vom Krankenkassentarifsystem abgekupfert, Oli?«

»Denis, es geht doch nichts über Genauigkeit. Nur wenn man etwas exakt misst und evaluiert, kann man den Erfolg von getroffenen Maßnahmen beurteilen. Das sagst du selbst immer.«

»Das ist noch nicht alles«, fuhr Max fort. Er war aufgestanden, hatte die Hände hinter dem Rücken verschränkt und umrundete den Tisch. »Anschließend wurde in Punkte und am Ende in Stunden-Äquivalente umgerechnet. Ein Strich entsprach einem Punkt, ein Stern gab drei Punkte und ein Kreuz viereinhalb Punkte. Zusätzlich musste Mutter das Wetter eintragen. Sonnig, Regen oder etwas dazwischen. Sterne und Kreuze wurden bei Sonne mit dem Faktor 1,2 multipliziert – man hätte ja etwas Angenehmeres machen können an einem schönen Tag, als bei Mutter zu sein – und bei Regen mit Faktor 0,8. Ähnliche Umrechnungen kamen zur Anwendung in Abhängigkeit des Wochentags: Montag Faktor 0,7, da läuft ohnehin nichts anderes, linear ansteigend bis Freitag mit Faktor 1,1, Samstag 1,3 und Sonntag wieder 1,0.«

»Ist es nicht genial, was man mit Excel alles machen kann? Soll ich euch die Rangliste zeigen? Es gibt da interessante Resultate.«

»Das kannst du dir sparen, Griffel. Du hast die Kriterien sicher so gewählt, dass du an oberster und ich an unterster Stelle stehe.«

»Ich kann euch ja verstehen«, sagte ich, »mir gefiele die Statistik auch nicht, wenn ich so schlecht abschnitte. Aber Sarah wäre begeistert.«

»Sarah hätte nur Verachtung übrig gehabt für diese Statistik«, widersprach Max. »Was genau das Ziel dieser Messerei sei, hätte sie uns gefragt.«

»Herauszufinden, wer sich am besten um Mutter gekümmert hat«, antwortete ich.

»Nein, Oli, das hätte Sarah nicht interessiert. Habt ihr euch je überlegt, was Mutter wollte und was ihr gutgetan hätte? Habt ihr je mit Mutter über ihre Wünsche gesprochen? Das hätte uns Sarah gefragt. Mutter hätte unsere Zuwendung dann gebraucht, wenn es ihr besonders schlecht ging, dann, wenn die Depressionen am stärksten waren, an nassen, grauen, perspektivlosen Wintertagen. Oder wenn sie in eine akute Phase ihrer Krankheit kam. Was hätte daraus gefolgt für deine Faktoren, Oli? Genau. 0,8 an sonnigen Tagen und nicht 1,2 wie bei deiner Bewertung. Wenn es schön war, hatte sie den Garten, in dem sie ihre Ruhe fand, wenn sie ihre braune Gartenschürze und die geblümten Gummistiefel trug und die Rosen zurückschnitt oder die Gemüsebeete von Unkraut befreite. Bei schlechtem Wetter, an einsamen Wintertagen, da hätte sie uns gebraucht.«

Mein Telefon läutete.

»Vielleicht ist das Sarah«, bemerkte Herbert, »dann kann sie gleich selbst sagen, was sie von dieser Statistik hält.«

Ich ging zur Kommode, schaute auf das Display und nahm an.

»Schpatz, wo bisch? Selbstverständlich kannst du nach Hause kommen. Du bist immer willkommen. Nein, der ist noch hier. O.k., in dem Fall geht ihr noch ein Haus weiter. Das kann ich gut nachvollziehen. Doch, doch, wir kommen voran. Es braucht nicht mehr viel.«

Ich legte auf und wandte mich an Denis: »Das mit der Bewertung müssen wir vergessen. Uns läuft die Zeit davon.« Während ich sprach, hatte ich begonnen, die leeren Teller aufeinanderzustapeln. Ich stellte sie auf die Schüssel, die immer noch auf der Kommode stand, und trug das Geschirr in die Küche. Ich stellte alles neben die Salatteller und kehrte ins Esszimmer zurück.

Als ich mich setzte, ergriff Denis wieder das Wort: »Ich habe eine andere Idee. Es ist offensichtlich nicht möglich, dass jeder die Elina SA kriegt. Wieso machen wir es nicht umgekehrt? Wieso fragen wir uns nicht, was schlimmer ist? Nicht das zu kriegen, was man unbedingt will, oder das zu kriegen, was man auf keinen Fall will?«

»Denis, Klartext bitte!«

»Du meinst wie bei der schönen und der intelligenten Frau? Wenn ich keine Chance habe, die Schöne zu kriegen, dann ist es immer noch besser, nicht die hässliche Intelligente zu erhalten, sondern irgendeine andere? Stimmt's, Mops?«

»Das Beispiel scheint mir in der heutigen Zeit doch ziemlich unangebracht, aber das Prinzip hast du richtig verstanden.«

»Und wie soll es konkret funktionieren?«

»Jeder schreibt auf einen Zettel, welches Unternehmen er auf keinen Fall will. Dann schauen wir, was passiert. Vielleicht ergibt sich dadurch bereits eine Zuteilung, mit der sich jeder von uns abfinden kann.«

Niemand sagte etwas. So eine bescheuerte Idee, dachte ich, auf so was können nur Wissenschaftler kommen, die den ganzen Tag nichts zu tun haben. Ich überlegte, was sie für mich bedeuten konnte. Was Denis vorschlug, kam einer Lotterie gleich.

»Seid ihr einverstanden?«, hakte Denis nach.

»Wenn es sein muss«, sagte Max. Herbert nickte stumm.

»Und du?«

Ich überlegte immer noch, doch ohne Resultat, es ging mir alles zu schnell. Nach kurzem Zögern nickte ich ebenfalls.

Denis nahm das Papier, das für die guten Eigenschaften von Herbert bestimmt gewesen war, und zerriss es in vier Stücke. Jeder von uns nahm eines und notierte mit dem Bleistift, der auf dem Tisch lag, welches Unternehmen er sicher nicht wollte.

Herbert deckte seinen Zettel als Erster auf und sagte: »Die Kriegsspielzeugfabrik will ich sicher nicht.«

»Und ich will auf keinen Fall diese Kosmetika mit all dem Rundherum«, ergänzte Denis.

»Welches Rundherum? Pornostudio, Mops, nenn die Dinge doch beim Namen, wir sind unter uns!«

»Wie auch immer, ich will nichts zu tun haben mit diesen Frauengeschäften.«

»Bei mir ist es ebenfalls die Kriegsspielzeugfabrik, die ich nicht möchte«, sagte ich.

»Bei mir auch«, ergänzte Max und legte als Letzter seinen Zettel hin.

Wir schauten auf die Zettel. Dreimal Kriegsspielzeugfabrik und einmal Elina SA stand da. Wir überlegten, was das bedeutete.

Max reagierte als Erster und schnalzte mit dem Mittelfinger und dem Daumen: »Wunderbar, deine Idee, Denis! Sie hat funktioniert. Drei Personen wollen in keinem Fall die Kriegsspielzeugfabrik. Nur du, Denis, hast sie nicht notiert. Also erhältst du die Kriegsspielzeugfabrik, und wir gehen in die nächste Runde.«

»Was, ich soll die Kriegsspielzeugfabrik bekommen?« Denis war aufgesprungen und schnappte nach Luft. »Das ist ausgeschlossen. Mit meiner pazifistischen Grundhaltung kann ich nicht Besitzer einer Kriegsspielzeugfabrik werden.«

»Warum hast du das denn nicht hingeschrieben?« Herbert zuckte mit den Schultern.

»Das war doch ohnehin klar. Schon als Kind war ich immer bei den Guten, habe zusammen mit Max die Polizei gespielt.«

»Du hattest einfach zu wenig Fantasie, um einen Räuber zu spielen.«

»Dann habe ich den Tatbeweis erbracht und mich für den Zivildienst entschieden. Ich habe Unterschriften gesammelt, für die Initiative zur Abschaffung der Armee, gegen neue Kampfflugzeuge, für ein Verbot von Kriegsmaterialausfuhren ...«

»Mops, wie naiv bist du eigentlich? Wenn nicht wir das Kriegsmaterial produzieren, dann produziert es einfach jemand anders. So können wir immerhin bestimmen, wem wir es verkaufen, und verhindern, dass es in Kriegsgebiete gelangt.«

»Wo es früher oder später über Umwege trotzdem hingelangen wird und ...«

»Ende der Diskussion jetzt. Mops, du kriegst die Kriegsspielzeugfabrik. Regeln sind Regeln – darauf pochst du sonst auch stets, beim Umweltschutz, beim Verkehr, bei den Steuern.«

»Denis, was für eine Chance!« Max hatte seinen Kopf leicht zur Seite geneigt und sprach mit süßlicher Stimme. »Jetzt kannst du dein pazifistisches und pädagogisches Sendungsbewusstsein so richtig ausleben! Wieso lancierst du nicht als Erstes eine Blauhelm-Spielserie? Mit einem Erklärvideo, das den Kindern zeigt, wieso die ihre Waffen nur zur Selbstverteidigung brauchen. Da kannst du konkret etwas bewirken, statt immer nur zu schwafeln. Einen Teil des Erlöses investierst du in ein Hilfswerk für kriegsversehrte Kinder. Du findest sicher eine Bank, die dich beim Aufbau unterstützt.

Die suchen so was heute, denn viele ihrer Kunden wollen mit ihrem Geld eine positive Wirkung für die Gesellschaft erzielen.«

»Das hat Ausbaupotenzial«, doppelte Herbert nach. »Im zweiten Jahr kannst du ein Figurenset aus leicht gekleideten Frauen und Mädchen produzieren und im Video aufzeigen, wieso im Umfeld von Blauhelmsoldaten die Anzahl der Kontaktbars sprunghaft ansteigt. Dazu führst du den Blauhelmrappen ein, mit dem Frauen unterstützt werden, die aus der Prostitution aussteigen wollen.«

Herbert hielt inne und schaute sich um.

»Hörst du überhaupt zu, Mops? Wo bist du?«

Denis war in die Küche verschwunden. Man hörte ihn fluchen.

»Wieso kann der nie zuhören?« Herbert schüttelte den Kopf. »Immer nur rummeckern, statt konstruktiv an Lösungen zu arbeiten.« Richtung Küche gewandt: »Du hättest die Frösche haben können oder die Drogen, wenn du dich nur ein wenig kooperativ verhalten hättest. Nun hast du die Kriegsspielzeuge. Selbst daraus kannst du viel machen. Vater hat nicht verboten, die Firmen weiterzuentwickeln. Er wollte lediglich nicht, dass wir sie verkaufen.«

»Denis«, rief Max, »auch die Quiz könntest du modernisieren und auf die aktuellen Bedrohungslagen ausrichten. Wie wäre es mit einem Quiz zum Krieg der Viren? Woher kommen sie? Was wollen sie? Wen greifen sie als Nächstes an? Das wären spannende Fragen.«

»Die meisten kommen aus Russland«, sagte Herbert.

»Ich meine nicht Computerviren, sondern Coronaviren, Mers, Sars und Konsorten.«

»Was gibt es denn hier zu fragen? Die kommen aus der Natur, das ist doch klar«, sagte ich.

»Da wäre ich nicht so sicher. Angenommen, es wäre nicht die Natur, die hinter diesen Viren steckte, weil sie niemals etwas derart Sinnloses zuließe, wer dann?«, fragte Max.

»Zulassen oder nicht, sinnlos oder sinnhaft, diese Fragen stellen sich doch gar nicht in der Natur«, schrie Denis aus der Küche und schlug mit der flachen Hand auf den Türrahmen. »Ihr habt keine Ahnung davon, wie die Natur funktioniert. Sie entwickelt sich nicht aktiv, Evolution ist ein passiver Prozess, die geschieht einfach. Zufall und Zeit spielen die Hauptrolle, das unter den gegebenen Umständen Bessere setzt sich im Laufe der Jahrhunderte, nein, Jahrtausende durch.«

»Komm gefälligst zu uns zurück, Mops, wenn du mit uns diskutieren willst.«

»Der kann bleiben, wo er ist«, sagte Max, »es geht mir gar nicht um die Natur. Schließlich ist der Verdacht nach wie vor nicht restlos ausgeräumt, dass dieses Virus einen nicht natürlichen Ursprung gehabt haben könnte.«

»Und wer, bitte, soll denn dieses Virus freigesetzt haben? Klar, die Chinesen kann man immer beschuldigen. Sie haben bis anhin herzlich wenig dazu beigetragen, den Verdacht zu entkräften, dass das Virus aus einem ihrer Labors entwichen sein könnte. Aber sonst? Etwa Bill Gates? 5G? Oder gar Gott? Das ist doch absurd.«

»Im Gegenteil, das ist eine spannende Frage. Weiß jemand die Antwort?« Max schaute Herbert und mich an. »Nein? Das ist wie bei einem Krimi. Wir brauchen ein Motiv. Erst das Motiv führt uns zum Täter.«

»Weltherrschaft, das ist doch eindeutig«, sagte Herbert. »Wieso sollte jemand mit diesem Virus Krieg führen gegen uns Menschen? Weil er die Weltherrschaft will!«

»Die Chinesen kämen somit infrage, selbst wenn sie stets betonen, nur Gutes im Sinn zu haben. Geht es China gut, geht es der Welt gut, sagen die immer.«

»Dafür brauchen die doch kein Virus. Allein dank ihrer Masse werden sie bald dominant sein. Wieder, muss man sagen. Die Chinesen prägten das Weltgeschehen stets, abgesehen von den letzten zweihundert Jahren, die durch die Industrialisierung im Westen gekennzeichnet waren. Später einmal wird man diese Zeit als Anomalie in der Weltgeschichte bezeichnen.«

»Bill Gates hätte auch ein Motiv. Mit Microsoft hätte er es fast geschafft, doch dann haben ihm andere den Rang abgelaufen. Jetzt versucht er es mit Viren. Im Impfbusiness ist er ebenfalls aktiv mit seiner Stiftung – wer kann schon wissen, ob er nicht diese Impfungen manipuliert?«

»Habt ihr das auch gelesen? Kürzlich soll ein Mann geschwollene Hoden bekommen haben nach der Impfung und impotent geworden sein.«

»Das kann man doch nicht Gates anhängen, wenn der nicht weiß, dass man in den Arm impfen muss.«

»Und was ist mit 5G?«

»5G fällt weg. Technologie kann nicht denken und somit kein Motiv haben.«

»AI kann sehr wohl denken.«

»Was?«

»Artificial Intelligence, künstliche Intelligenz, KI.«

»Falls es KI tatsächlich gäbe: Wie soll sie auf die Idee kommen, Krieg zu führen?«

»Genau das ist der springende Punkt.« Max trank einen Schluck Wasser und rückte seinen Stuhl zurecht. »KI ist nicht intelligent in dem Sinne, wie wir Intelligenz beim Menschen definieren. KI entwickelt keine eigenen Ideen, zumindest heute noch nicht. Sie wendet lediglich das an, was wir Menschen ihr vormachen, einfach viel schneller mit Milliarden von Rechenschritten und Millionen von Datensätzen als Grundlage. Maschinelles Lernen nennt man das. Wenn KI Krieg führt, dann deshalb, weil es ihr der Mensch vormacht.«

Nach einer kurzen Pause fuhr Max fort: »Wieso denkt ihr, ist der Computer eines autonom fahrenden Autos fähig, Menschen zu erkennen? Oder eine Software fähig, das Laden von sexualisierten Bildern zu verhindern, zum Beispiel von erigierten Penissen? Weil sie intelligent sind? Nein, weil irgendwo auf dieser Welt in einem Billiglohnland Hunderte von Menschen nichts anderes tun, als die Software mit Tausenden von Fotos von auf der Straße gehenden Menschen oder von erigierten Penissen zu füttern, tagelang, bis die Software aufgrund der riesigen Menge von Vergleichsdaten fähig ist, sie zu erkennen. Da nicht immer klar ist, ab welchem Zustand ein Penis als erigiert zu gelten hat, müssen diese Hunderte von Menschen ihre Tausende von Bildern zusätzlich einteilen in vollständig, weitgehend, teilweise oder ansatzweise erigie…«

»Schon gut, Max, so genau wollen wir das gar nicht wissen.«

»Das ist noch nicht alles: Dann müssen sie noch all das aussortieren, was die Software irrtümlich als Penis erkennen könnte: PET-Flaschen, Gurken, Pariser-Brote, Kalbsbratwürste …«

»… sowie Zigarren und Karotten, um die Größenverhältnisse zu wahren. Danke, wir haben das Prinzip jetzt verstanden.«

»Bleibt noch Gott. Könnte Weltherrschaft sein Motiv sein?«

»Kaum, die hat er schon inne.«

»Die hat er doch längst verloren, schaut doch nur die ungebremst hohe Zahl von Kirchenaustritten an.«

»Das mag für die traditionelle Kirche im Westen gelten. Aber was ist mit der zunehmenden Beliebtheit von Freikirchen? Oder dem Islam? Und der Rückbesinnung auf Naturgottheiten? Gott hat bekanntlich viele Gesichter.«

»Das scheint mir alles reichlich spekulativ, wo wir immer noch nicht wissen, ob Gott überhaupt existiert.«

Die Diskussion verstummte.

»Ich glaube nicht, dass wir diese Frage heute Abend klären werden«, sagte Max. »Daran sind schon Gescheitere gescheitert. Uns gelingt es nicht einmal, vier Firmen unter vier Personen aufzuteilen. Vier durch vier gleich eins, wahrlich kein großes Problem, zumindest mathematisch gesehen nicht.«

»So düster sehe ich das nicht«, entgegnete ich. »Immerhin haben wir bereits eine Firma zugeteilt. Lasst uns weitermachen.« Nach dem Out von Denis war ich wieder etwas zuversichtlicher geworden. Meine Chance lag unterdessen bei einem Drittel, die Elina zu erhalten, rein rechnerisch gesehen.

»Ich mach euch einen Vorschlag«, sagte Herbert und rieb sich die Hände: »Du, Griffel, nimmst die Drogenfabrik, da kriegst du genug Stoff, um dein nächstes Buch zu schreiben. Und du, Max, du nimmst die Frösche und die Flamingos, die heitern dein Gemüt auf, wenn du wieder einmal in einem Tief steckst. Ich übernehme die Verantwortung für die Elina SA und kümmere mich um die Verflechtungen und Nebengeschäfte. Da kann vieles schiefgehen, und es braucht Topskills, um den Laden am Laufen zu halten, und einen kompetitiven Mind-Set, um neue Märkte erobern zu können.« Herbert stoppte und wartete auf unsere Reaktion. Doch wir blieben stumm. »Das ist doch perfekt, da könnt ihr sagen: Der Herbert, der nimmt das Puff, das passt zu ihm.«

Überhaupt nichts passte. Vergeblich hatte ich gehofft, dass sich Herbert von der Geschichte rund um das Videostudio abschrecken ließe.

»Wollen wir auf den Vorschlag eintreten?«, fragte mich Max.

Es wäre ein Leichtes gewesen, Herberts Vorschlag anzunehmen. Max wollte die Elina SA mit dem Videostudio nicht, da war ich mir sicher, selbst wenn er vorher etwas anderes behauptet hatte. Für mich war das keine Option; zum einen wäre ich endlich meine chronischen Geldprobleme los, vor allem aber gönnte ich meinem großspurigen Bruder die Goldgrube nicht. Und ihm den Triumph als Problemlöser und Retter der Familienehre überlassen? Never in my life. Nur über meine Leiche. Niemals.

Ich überlegte, was taktisch eine kluge Antwort wäre. Glücklicherweise fuhr Max fort.

»Das ist nett von dir, Herbert, dass du dich opfern und die größte Bürde übernehmen willst«, säuselte er,

»aber es war schon immer mein Traum, ins Geschäft mit der Schönheit einzusteigen. Weißt du, meine drei Töchter kommen in ein Alter, wo solche Dinge wichtig werden. Da könnte ich ihnen wunderschöne Geschenke machen.«

Endlich kam mir eine Idee. »Was bietest du uns, wenn wir dir die Elina SA überlassen?«, fragte ich. »Sie wirft viel mehr Ertrag ab als die beiden anderen Firmen.«

Herbert überlegte. »Ich biete euch je zweieinhalb Prozent des Gewinns über die nächsten fünf Jahre.«

Das war durchaus ein faires Angebot. Es würde uns entschädigen dafür, dass wir mit den Fröschen und den Drogen ein doch erhebliches Risiko eingingen. Aber nein, no way.

»Zehn Prozent auf zehn Jahre.«

»Du träumst. Ich erhöhe auf drei Prozent und biete als extra Incentive einen Besuch pro Jahr im Filmstudio.«

»Was soll ich da?«

»Mitwirken, Oli!«, warf Max ein, »als Statist.«

»Herbert, das ist zu wenig. So werden wir uns nicht einig.«

»Du bist gar nicht interessiert an einer Einigung. Du hältst mich nur hin.« Herbert hatte einen roten Kopf gekriegt. »Aber versuchen wir es doch umgekehrt; wie gesagt, heute zeige ich euch, wie man richtig verhandelt. Was bietest du, wenn ich freiwillig auf die Elina verzichte?«

Würde Herbert das wirklich tun? Ich war irritiert. Das konnte ich mir kaum vorstellen. Und würde es überhaupt etwas helfen? Max würde ich ebenfalls noch raushandeln müssen.

»Es gibt da eine neue Produktelinie bei der Elina, Top Shot, für erfolgreiche Businessmänner, Duschgel, Shampoo, Aftershave, Parfüm. Ich offeriere dir das Jahresabo zum Einstandspreis und übernehme zusätzlich die monatliche Hauslieferung.«

»Ich bin positiv überrascht.« Herbert lehnte sich zur Kommode, nahm das Bild mit meinem Porträtfoto und zeigte es im Kreis herum. »Unser Griffel, wie wir ihn kennen. Präsentiert sich einmal mehr von seiner großzügigsten Seite.« Und dann mit zugespitztem Mund: »Griffel, das ist zu wenig. Was legst du noch drauf?«

»Ich würde«, ich überlegte fieberhaft, wie ich das genau formulieren sollte, ohne mich zu kompromittieren, »ich würde deinen vorteilhaften Seiten in meinem Buch etwas mehr Raum zugestehen als ursprünglich vorgesehen.«

»Wie armselig. Wo bleibt dein Berufsstolz? Sobald du Geld riechst, wirfst du sämtliche Prinzipien über Bord.«

»So kann man das doch nicht sagen. Es handelt sich um eine fiktive Geschichte, da sind gewisse Abweichungen von der zugrunde liegenden Vorlage tolerierbar, man spricht hier von schriftstellerischer Freiheit.«

»Lassen wir dieses jämmerliche Spiel.« Herbert hob seine Schultern und ließ sie wieder fallen. »Es scheint uns leider nichts anderes zu bleiben, als nochmals zu notieren, was jeder von uns sicher nicht will.«

Niemand würde die Elina SA notieren, Herbert, weil er sie unbedingt wollte, Max und ich, weil wir keinesfalls wollten, dass Herbert sie erhielt. Es blieben die Piccole Chicche S.p.A. mit ihren Fröschen und die PLM Chemicals Inc. Für die Frösche kannte Herbert nur Verachtung, aber mit einer Drogenfirma würde er sich auf keinen Fall die Hände verbrennen wollen. Also würde er mit großer Sicherheit die PLM notieren. Max war den Fröschen durchaus zugetan, und für mich wären sie die zweitbeste Lösung, falls mir die Elina verwehrt bliebe, aber wenn wir beide ebenfalls die PLM als unerwünscht notierten, dann resultierte ein Patt, und wir kämen nicht weiter.

Wenn ich hingegen die Piccole Chicche als unerwünscht notierte und Max die PLM Chemicals, dann fiele die PLM Chemicals an mich, und Herbert bliebe weiter im Spiel um die Elina SA, wogegen die PLM Chemicals an Max ginge, wenn ich … meine Güte, gab es denn keine Variante, bei der wir Herbert mit Sicherheit aus dem Spiel kicken konnten? Doch was hieß schon wir? Max war ein unsicherer Verbündeter. Es war völlig unklar, auf welche Seite er sich schlagen würde.

Ich überlegte fieberhaft, doch es gelang mir nicht, klare Gedanken zu fassen. Jetzt wäre Denis hilfreich gewesen mit seinen kombinatorischen Fähigkeiten. Doch der fluchte immer noch in der Küche. Unglaublich, ich hatte nicht gewusst, dass der derart aus sich rauskommen konnte. Offensichtlich hatte er seine Triebe nicht so gut im Griff, wie er vorgab.

»Oli, nicht träumen, es geht weiter«, sagte Max.

Ich verteilte Zettel und schrieb »Piccole Chicche« auf meinen Zettel. Die anderen notierten ebenfalls die Firma, die sie auf keinen Fall wollten.

Herbert deckte als Erster auf. PLM Chemicals, wie erwartet. Ich deckte als Zweiter auf. Nun kam es auf Max an. Er wendete seinen Zettel. Ein Lächeln huschte über mein Gesicht. Piccole Chicche. Die Sache war gelaufen. Die Piccole Chicche ging an Herbert, da er sie als einziger nicht notiert hatte und somit nicht nicht wollte. Ich war meinem Ziel einen Schritt näher gekommen.

Herbert stand auf, stieß den Stuhl um und schrie: »Das ist ein abgekartetes Spiel! Ihr habt euch abgesprochen!«

»Aber Herbert, wie auch?« Max hatte die Ellbogen aufgestützt, drehte seine Handflächen nach außen und blickte Herbert in die Augen. »Wir saßen alle hier und hatten uns gegenseitig im Blick.«

»Ich weiß genau, dass ihr lieber die Frösche wollt, selbst wenn ihr den ganzen Abend etwas anderes behauptet habt. Es ging euch lediglich darum, dass ich nicht die Elina SA erhalte. Aber das werdet ihr bereuen. Jetzt könnt ihr euch mit Drogen und Pornos rumschlagen. Eine ganze Nummer zu groß für euch.«

Das tönte etwas gar dramatisch. Zumindest die Sache mit dem Videostudio würde sich von allein erledigen, aber das konnten die anderen nicht wissen.

Herbert hatte sich abgedreht und wollte in den Korridor gehen.

»Ich gehe jetzt, ich habe noch zu tun.«

Max stand auf und trat ihm in den Weg. »Halt, noch sind wir nicht zu Ende. Hier geht niemand vorzeitig.«

»Das ist mir egal. Ich muss unsere Offerte anpassen bis morgen früh. Diesen Fisch lassen wir uns auf keinen Fall entgehen.«

»Für was bewerbt ihr euch eigentlich?«

Herbert zögerte zuerst, nahm dann aber wieder Platz. Es kam selten genug vor, dass sich einer seiner Brüder nach seinen Geschäften erkundigte, und so ließ er sich die Gelegenheit nicht entgehen, uns zu erklären, für was sich seine Firma bewarb.

»Wir offerieren die IT-Lösung für S-Resrep und setzen dabei auf neue statistische Berechnungsverfahren, die das Verarbeiten riesiger Datenmengen ermöglichen.«

»Was ist denn S-Resrep?«, fragte Denis. Er war an den Rahmen der Küchentüre gelehnt und schaute in unsere Richtung. Er schien sich beruhigt zu haben. Wahrscheinlich verspürte er Genugtuung, weil sich Herbert nicht hatte durchsetzen können.

»Hast du noch nie davon gehört? Das erstaunt mich aber, Mops. S-Resrep ist ein Pilotprojekt von drei weltweit führenden Versicherern von Elementarschäden. Für den Schweizer Ableger der einen Versicherung sind wir schon seit Jahren tätig, und wir sind deshalb in der Poleposition. Die erste Offering-Runde haben wir überstanden, und nun stehen wir in der Endauswahl. Die beiden Konkurrenten sollen aus Indien und aus Irland stammen. S-Resrep steht für Strategic and Respectful Mass Resettlement of People, strategische und umsichtige Umsiedlung von Bevölkerungsmassen, sinngemäß übersetzt.

Forscher gehen davon aus, dass mittelfristig bis zu sechshundertfünfzig Millionen Menschen umgesiedelt werden müssen, weil sie zu nahe am steigenden Meer, in Überschwemmungsgebieten oder in Städten leben, in denen es regelmäßig so heiß werden wird, dass sie ohne dauerhafte Kühlung nicht mehr bewohnbar sind. Das sind acht Prozent der weltweiten Bevölkerung, stellt euch das einmal vor!«

Herbert war neben die Kommode getreten. Er sprach in unsere Richtung und zeigte mit der Hand auf die verschiedenen Tablare des Büchergestells, als ob er die Bullet-Points einer Powerpoint-Präsentation erläuterte.

»Die Modellrechnungen der Versicherer haben ergeben, dass es sie billiger zu stehen kommt, wenn sie sich für eine frühzeitige Umsiedlung ganzer Dörfer engagieren, als wenn sie darauf warten, die immer größer werdenden Schäden durch Überschwemmungen bezahlen zu müssen. Selbst wenn sie immer neue Haftungsausschlüsse in ihre Verträge aufnehmen oder neue Versicherungsabschlüsse verweigern, kommen sie nicht mehr unbeschadet aus der Sache raus.

Die zentrale Frage lautet: Wie sieht das Umfeld aus, in dem sich die umzusiedelnden Menschen wohlfühlen und sie deshalb bereit wären, einer Umsiedlung frühzeitig zuzustimmen?

Einzelne betroffene Personen oder Familien kann man befragen, um das rauszufinden. Wie macht man das aber, wenn ganze Dörfer und Städte betroffen sind? Da sind kaum mehr individuelle Lösungen denkbar. Da braucht es eine Unmenge von statistischen Daten zu Lebensweisen und Präferenzen der Menschen.«

»Und woher sollen diese Daten kommen?« Denis war wieder zum Tisch zurückgekehrt und setzte sich hin.

»Basis bildet das, was in öffentlich zugänglichen Verzeichnissen vorliegt, in Telefonverzeichnissen, Fahrzeugnummernindizes oder Handelsregistern. Hinzu kommt alles, was die Menschen in den Social-Media-Plattformen preisgeben. Zudem möchten wir strategische Partnerschaften eingehen mit Amazon, Google, Tencent und weiteren Tech-Firmen, um das Bild zu vervollständigen.

Sobald man diese Daten hat, kann man strategisch nach Lösungen suchen: Ist es sinnvoll, ganze Städte mit Zehntausenden von Einwohnern aufs Mal an einen neuen Ort zu verschieben? Oder bildet man besser Gruppen von vielleicht fünfhundert bis tausend Menschen mit ähnlichen Hintergründen und Bedürfnissen und siedelt sie gemeinsam an einem neuen Ort an? Welchen Grad an Homogenität respektive Heterogenität soll man anstreben in den Gruppen, die man umsiedeln will? Und, wenn es konkret wird: Wen kombiniert man mit wem? Welche Familien? Welche Clans? Welche Einzelpersonen? Das sind die Fragen, die im Projekt gestellt werden, und ihr könnt euch vorstellen, dass es ausgeklügelte IT-Lösungen braucht, um die Suche nach Antworten zu unterstützen.

Da werden wir ganz vorne mitspielen. Sobald die Software funktioniert, werden wir sie weiteren Versicherern verkaufen dürfen. Das ist so vorgesehen in den Vertragsentwürfen, die uns vorliegen. Mit der Entwicklung nehmen wir ein erhebliches Risiko in Kauf, dafür sind äußerst attraktive Lizenzmodelle möglich. Wir denken an einen Fixbetrag je erfolgreich umgesiedelter Person oder an eine prozentuale Beteiligung an den eingesparten Versicherungsbeiträgen.«

»Und was passiert mit den Menschen, die nicht versichert sind und bei denen keine Versicherung das Interesse an einer Umsiedlung hat?«

»Da setzen wir voll auf PPP, Public-private Partnership. Wir gehen davon aus, dass nicht nur Versicherungsgesellschaften, sondern auch Staaten, die vom Klimawandel besonders betroffen sind, Lizenzen erwerben werden.«

»Public-private Partnership«, schnaubte Denis und schabte mit seiner Hand auf dem Tisch, »schon wieder einer dieser kapitalistischen Euphemismen. Sag doch einfach, um was es geht: die Gewinne den Privaten, die Kosten der Allgemeinheit.«

»Wir investieren in pragmatische Lösungen für drängende Probleme, Mops. Was machst du denn schon? Einen Workshop organisieren oder eine Arbeitsgruppe einsetzen? Wir handeln. Irgendetwas muss doch passieren, wenn immer mehr Erdteile für uns Menschen unbewohnbar werden. Was wären denn die Alternativen? Noch mehr Klimaanlagen zu installieren? Oder kühlende Sprühnebelsysteme, wie sie zurzeit in verschiedenen Städten getestet werden? Da wärst du der Erste, der sich dagegen wehrte, weil die zu viel Energie brauchen.«

»Millionen von Menschen umsiedeln zu wollen, das geht doch nicht. Wo sollen die hin? Bereits die heutigen Flüchtlinge sind nirgends willkommen. Hast du nicht gelesen, was dieser ungarische Politiker – wie hieß der gleich? Orbit? Nein, Orkus? Wie auch immer, hast du gelesen, was der kürzlich gesagt hat? Der will jede Art von Migration gleich ganz verbieten. Die Menschen sollen dort bleiben, wo sie infolge der Bestimmung Gottes geboren worden seien. Wahrscheinlich meinte er die Hölle. Die Mehrheit der Menschen dürfte seine Meinung teilen, zumindest in privilegierten Staaten.« Denis war ebenfalls aufgestanden und vor Herbert getreten. Er ruderte mit seinen Armen und sprach auf ihn ein. »Das lässt doch nur einen Schluss zu: Wir müssen die Klimakrise bekämpfen. Einen anderen Weg gibt es nicht. Wir müssen bescheidener werden und uns mit weniger Energie und Ressourcen begnügen. Nur so kann das gelingen.«

»Siehst du Anzeichen dafür, dass sich irgendjemand bescheiden will? Ich nicht, abgesehen vielleicht von einer kleinen Minderheit. Es liegt in der Natur des Menschen, immer mehr zu wollen. Alles muss wachsen, um sich entwickeln zu können. Wachstum bringt neue Ideen und Fortschritt, was wiederum zu Wachstum führt. Das kann man nicht stoppen. Nein, vielmehr: Wir wären dumm, wenn wir es stoppten.«

»Jetzt wird mir klar, wieso man von der Diktatur des Marktes spricht. Alle Diktaturen müssen dauernd eskalieren, um sich erhalten zu können, hat die Literaturnobelpreisträgerin Herta Müller kürzlich sinngemäß gesagt. Doch in einem endlichen System wie der Erde führt das unweigerlich zum Zusammenbruch, das kann auf die Dauer so nicht weitergehen.«

»Wieso nicht? Das ist wie beim Tigerhai und bei der Seekuh«, fiel Max Denis ins Wort. »In keinem Ökosystem kann es über eine längere Zeit mehr Raubtiere als Beute geben. Die klassische Räuber-Beute-Beziehung könnte man beinahe als Naturgesetz bezeichnen. Sie existiert seit mindestens vierzehneinhalb Millionen Jahren, wie Paläontologen kürzlich nachweisen konnten. Sie haben in den Rippen einer jungen Seekuh Bissspuren eines Tigerhais nachweisen können. Sogar sieben Zähne haben sie gefunden, die der Hai bei seiner Attacke verloren hatte.«

»Was soll die menschliche Zivilisation mit einem Tigerhai und einer Seekuh zu tun haben?«, fragte ich.

»Siehst du den Zusammenhang nicht? Menschliche Kulturen entstehen, wachsen, breiten sich aus, überwuchern alles – so lange, bis sie ihre eigenen Lebensgrundlagen zerstört haben und wieder verschwinden. Die Ägypter, die Chinesen, die alten Griechen, die Römer, die Mayas, sie alle sind verschwunden, verdrängt worden oder zur Bedeutungslosigkeit geschrumpft.

Hat das geschadet? Nein, im Gegenteil. Es sind neue Kulturen entstanden, wie die abendländisch-westliche, oder die alten Kulturen kommen wieder in neuem Gewand, wie gerade die Chinesen.«

»Nur die Griechen lassen auf sich warten«, warf Denis ein.

»Heute setzt sich eben durch, wer auf Effizienz setzt«, bemerkte Herbert. »Alle anderen spielen in den hinteren Rängen.«

»Genau das ist unser Verderben. Ihr Effizienzprediger treibt uns in den Abgrund. Ihr meint, mit mehr Effizienz unsere Probleme lösen zu können. Dabei ist das Gegenteil der Fall. Je effizienter unsere Industrie wird, desto mehr Güter produzieren wir und belasten damit die Umwelt immer stärker. Man kann ein Problem nicht lösen mit einem Ansatz, der das Problem mitverursacht hat.«

Obwohl die Dinge bis jetzt in meinem Sinne verlaufen waren, wurde ich wieder ungeduldig. Nahmen diese Diskussionen kein Ende? Ich hob die Hand, um den Redefluss meiner Brüder zu stoppen, und wies sie an, sich wieder zu setzen.

»Jetzt macht mal einen Punkt. Die alten Griechen, die Diktatur des Marktes, der Tigerhai, der Orkus – das alles in einen Topf zu werfen, das ist doch völlig absurd. Das muss mir erst einmal einer erklären. Als Nächstes kommt wohl noch die Hyularonsäure.«

»Hy-a-lu-ron-säure. Du musst vernetzt denken, Oli«, sagte Max. »Dort, wo du einen Kochtopf mit unpassenden Zutaten siehst, sehe ich Ordnung und Zusammenhänge. Das zeichnet geniale Menschen aus. Sie assoziieren das, was für andere nichts miteinander zu tun hat, und eröffnen sich dadurch neue Welten und Einsichten. Sie haben das große Ganze im Blick – von der Ameise bis zur Milchstraße, von der kleinen Alltagsbegebenheit, wie den deutlich hörbaren Verdauungsbeschwerden des Nachbarn, bis zum historischen Ereignis. Sie verfügen über die Gabe, das miteinander zu verknüpfen, wo andere nur lose Enden sehen. Für Menschen wie Herbert existiert hingegen nur das, woraus man einen Business-Case machen kann, und du«, Max wandte sich Denis zu, »du versteifst dich auf deine Klimakatastrophenperspektiven.«

»Und dein Tigerhai, der vor vierzehn Millionen Jahren gelebt hat, soll etwa interessanter sein als das, was in den kommenden Jahrzehnten mit der Menschheit passieren wird?«

»Wir werden sehen, was die Leserinnen und Leser unterhaltsamer finden, wenn das Buch von Oli veröffentlicht ist: Deine länglichen Ausführungen über die drohende Apokalypse oder meine Querbezüge und Verknüpfungen. Sofern der da«, Max machte eine abschätzige Geste in meine Richtung, »überhaupt fähig ist, meine Gedankengänge adäquat wiederzugeben.«

»Meine schriftstellerischen Fähigkeiten stehen hier nicht zur Diskussion. Ich werde alles mit der notwendigen Akribie beschreiben und präzise erklären, was es zu erklären gibt.«

»Genau daran scheiterst du, Oli, an deiner Besessenheit, alles bis ins letzte Detail erklären zu müssen. Als Schriftsteller muss man die Grenzen zwischen Realität und Fiktion zerfließen lassen können, da müssen die Dinge mitunter im Unerklärbaren und Ungefähren stehen bleiben können.«

»Heute ist es ungemein wichtig, präzise zu schreiben und seine Quellen belegen zu können. Wer das unterlässt, wird bei den Faktenchecks zur Schnecke gemacht.«

»Schreib doch Sachbücher, das passt besser zu dir. Oder Versicherungspolicen.«

»Das bringt mich auf eine Idee«, sagte Herbert. »In unserem Backoffice suchen sie immer wieder Leute, die Textbausteine für unsere Terms and Conditions verfassen. Soll ich dich empfehlen, wenn du das nächste Mal knapp bei Kasse bist?«

»Danke für deine Fürsorge. Mit der Elina SA werde ich das nicht mehr nötig haben.«

»Wer hat denn gesagt, dass du die Elina SA erhältst?«, fragte Max.

»Jeder hier weiß doch, dass dir nichts an ihr liegt. Jetzt, da Herbert aus dem Spiel ist, kannst du das zugeben.«

»Die Elina wird mir gehören, und ich werde Sarah die Spanish Dreams schenken. Sie wird sich freuen wie ein kleines Kind.« Max hatte sein Glas in die Hand genommen und drehte es um die Achse des Stiles. »Erinnert ihr euch? Sie wollte schon immer nach Spanien reisen, das war ihr großer Traum.« Er ließ das Glas kreisen und schaute zu, wie die Zentrifugalkräfte den Wein den Rand hochtrieben. »Sobald die Elina mir ist, werden wir nach Barcelona fahren und auf den Ramblas flanieren. Sie wird tanzen, an meiner Hand, wir werden lachen und singen, wie früher, und der Duft der Spanish Dreams wird uns vereinen.« Max hatte aufgehört, das Glas zu drehen. Seine Augen folgten dem Wein, der immer langsamer rotierte und allmählich in die Waagrechte zurückfand. Leise summte er: »Tell my wife I love her very much she knows.«

»Max, bist du noch da?« Ich hatte mich über den Tisch zu ihm gebeugt und klatschte zweimal in die Hände. »Du sollst mir die Elina überlassen, habe ich gesagt!«

Ein Ruck ging durch seinen Körper, und er stellte das Glas wieder auf den Tisch. Er schaute mich ausdruckslos an: »Warum sollte ich dir den Vortritt lassen? Warum sollte ich das tun?«

»Ich habe immer zu dir gehalten. Ich habe dich immer verteidigt, wenn Herbert dich falsch beschuldigt hat. Ich habe mich immer für dich eingesetzt, wenn Vater dir verbieten wollte, ins Sporttraining zu gehen. Ich war immer für dich da, wenn du ...«

»Stopp, lass das bleiben.« Max war wieder ganz klar. »Du kannst mir tausend Gründe nennen, sie interessieren mich nicht. Du hast uns genau dann unterstützt, wenn auch etwas für dich raussprang. Kampflos überlasse ich dir die Elina SA nicht. Wie gehen wir vor? Gleich wie bis anhin?«

»Moment«, sagte Herbert, »bevor wir die Drogenproduktion und das Pornostudio definitiv zuteilen, möchte ich noch etwas wissen: Hat sich diese Chariot je geäußert zu ihrem Nebenerwerbszweig?«

»Und wie war das genau mit ihrer Beziehung zu Vater?«, hakte Denis nach. »Die beiden haben miteinander wohl nicht nur Jahresrechnungen kontrolliert und interpretiert.«

»Griffel, du hast vorhin gar nicht zu Ende erzählt. Was hat euer Videocall noch ergeben?«

Ich bekam einen heißen Kopf. Es wäre zu schön gewesen. Der Unterbruch mit Heidi war zur rechten Zeit gekommen, als ob ich ihn geplant hätte. Warum nur mussten sich die beiden daran erinnern, dass ich noch nicht alles erzählt hatte?

»Stimmt, ich war noch nicht zu Ende. Wir wurden abgelenkt. Wieso nur? Genau, da war doch die Heidi von nebenan, die dringend etwas zu essen brauchte, und die konnte ich doch nicht hungrig ziehen lassen. Die hilft mir jeweils auch, wenn wieder einmal …«

»Griffel, der Videocall!«

»Wenn wir schon beim Essen sind: Ich hole noch das Dessert, bevor es vergessen geht. Das wäre echt schade.«

»Los jetzt, Griffel, weich nicht aus. Erzähl weiter, du warst dort, wo die Chariot Vater mit ihren Düften zu verführen versuchte.«

»Es gibt Schokoladenpudding, so wie ihn Mutter jeweils gemacht hat.«

»Wow, Oli«, Denis klatschte in die Hände, »den mit den schwebenden Birnenstückchen?«

»Genau den.«

»Du bist ein Schatz. Erinnert ihr euch, wie Mutter in der Küche stand, die Schokolade in der Pfanne schmolz, tröpfchenweise Milch zugab und dazu ein Lied summte, meist Singin' in the rain oder Eleanor Rigby?« Denis fuhr mit der Hand über sein Bäuchlein. »Bring den Pudding her, dann geht es uns gleich besser.«

»Wir sollten nun wirklich vorwärtsmachen. Wie vorher schon gesagt, ich muss …«

»Ach Herbert, jetzt sei nicht so. Es geht doch nichts über schöne Familientraditionen.«

»Wunderbare Tradition. Jedes Mal hast du uns zählen lassen, wie viele Birnenstücke es in unseren Puddings gab. Waren es nicht gleich viele, respektive hattest du weniger als jemand anderer von uns, ging das Geheul los.«

Ich ging in die Küche und nahm die Puddings, die ich in vier blecherne Schälchen abgefüllt hatte, aus dem Kühlschrank. Ich legte sie auf das Holztablett und brachte sie ins Esszimmer.

»Das sind ja dieselben Förmchen wie früher, Oli, so süß!«, rief Max. »Wisst ihr noch, wie Mutter den Pudding in die Förmchen gefüllt hat und wir damit ins Wäldchen hinter dem Haus gezogen sind? Zuerst haben wir Würste grilliert und dann die Puddings gegessen.«

Denis leckte sich die Lippen. »Wenn wir Glück hatten, fanden wir im Schrank eine angebrochene Flasche Williams-Schnaps, von der wir unbemerkt etwas abzweigen konnten.«

»Griffel, wer hat dir denn erlaubt, diese Förmchen aus dem Haushalt von Vater zu nehmen? Noch ist das Erbe nicht verteilt.«

»Herbert, du wirst ein Unternehmen erben, da spielt es doch keine Rolle, ob der Oli diese Förmchen bei unseren Eltern geholt hat oder nicht.«

»Mops, es geht um das Prinzip, und dieses Prinzip besagt, dass …«

»Herbert, ewig wollen wir gute Brüder sein. Hast du unseren Schwur schon wieder vergessen?«

Ich ging zur Vitrine mit den grünen Glastürchen, die neben der Küchentüre stand, und holte den Williams, den ich für heute Abend gekauft hatte. Zurück am Tisch, füllte ich die Schälchen bis zum Rande mit dem Schnaps. Wir begannen, die Puddings zu essen.

»Hast du die mit Gelatine gemacht?«, fragte Denis, nachdem er die Hälfte des Schälchens geleert hatte.

»Ja klar, wie Mutter auch. Ich habe das Originalrezept. Soll ich es dir fotografieren?«

»Weißt du, heute macht man so was nicht mehr mit Gelatine, weil die ist tierischen Ursprungs und wird aus Knochen, Knorpeln und Sehnen gewonnen, und da könnte es passieren, dass ...«

»Stopp jetzt. Ich ertrage keine weiteren Exkurse mehr. Ich will jetzt endlich wissen, was diese Chariot noch erzählt hat. Los, Griffel!«

»Schon gut, schon gut, viel gibt es nicht mehr zu sagen.«

Ich erzählte meinen Brüdern, wie mein Videoanruf mit Chariot weitergegangen war. Ich setzte bei dem Moment ein, als sich die beiden nahe gekommen waren.

—

»Und dann?«

»Was und dann?«

»Wie ging es weiter?«

»Wir setzten uns auf das Mäuerchen und Ihr Vater half mir, die neusten Geschäftszahlen zu interpretieren.«

»Das war alles?«

»Was soll denn sonst gewesen sein?« Chariot lächelte. »Wissen Sie, Ihr Vater war einfach wunderbar zu mir. So besorgt, so umsichtig, so einfühlsam, und gleichzeitig war da seine Ausstrahlung. Seine tiefe Stimme, sein verschmitztes Lachen, sein Blick. Da brauchte es schon etwas, wie soll ich sagen, etwas«, sie zögerte erneut, »aber er hätte ja mein Vater sein können.« Sie schaute in die Kamera ihres Smartphones und zog kaum merklich ihre Schultern und ihre Augenbrauen hoch. »Später sagte er einmal, dass er sich eine solch großartige Tochter wie mich gewünscht hätte.«

—

Ich stoppte und wartete einen Moment.

»Das war's. Zufrieden, Herbert? Mehr war nicht rauszukriegen zur Beziehung zwischen Chariot und Vater.«

Ich begann, die leeren Dessertschälchen ineinanderzustellen.

»Und das Videostudio? Was hat Chariot dazu noch gesagt?«, fragte Max.

»Das Videostudio?« Ich stand auf, nahm die Schälchen und wollte in die Küche gehen. »Ach, nichts Erwähnenswertes.«

»Nichts Erwähnenswertes? Oli, bleib hier. Mir liegen andere Informationen vor.«

Ich setzte mich wieder und legte die Schälchen wieder auf den Tisch. »Was für Informationen? Von wem denn?«

»Ach Oli, eine kleine Stichprobe. Quellencheck nennt sich das. Du hast doch selbst gesagt, wer nicht richtig recherchiert, wird zur Schnecke gemacht. Wer nicht die Wahrheit erzählt, ebenfalls.« Max hatte mit dem Zeigefinger einen Brotkrümel, der neben seinem Weinglas gelegen hatte, zu sich gezogen und zerdrückte ihn mit dem Daumen. »Wir wollen doch alle den heutigen Abend mit einem guten Gewissen beenden. Das ist doch das, was unsere Eltern von uns erwartet hätten.«

»Hast du etwa mit Senti und Chariot telefoniert?« Es lief mir heiß und kalt den Rücken hinunter.

»Warum nicht? Hast du ernsthaft geglaubt, dass wir die Abklärungen über unser Erbe dir unbesehen überlassen? Für wie dumm hältst du uns?«

Meine drei Brüder starrten mich an. Herbert ergriff das Messer, das nach dem Essen auf dem Tisch liegen geblieben war. Ich bekam kaum mehr Luft und öffnete mit zittrigen Händen den obersten Knopf meines Hemdes.

»Also los. Erzähl schon«, forderte mich Max auf. »Sonst mach ich's.«

Es blieb mir nichts anderes übrig, als den Rest meines Videocalls mit Chariot wiederzugeben.

—

»Da ist noch eine Sache«, fragte ich Chariot. »Frau Senti hat etwas von einem Videostudio erzählt, in dem angeblich nicht nur Filme zur Produktwerbung gedreht würden.«

»Soso, das Videostudio«, sagte sie amüsiert. »Senti soll richtiggehend entsetzt gewesen sein, als Ihr Vater ihr davon erzählt hatte. Das ist wohl eine Generationenfrage.«

»Das Studio gibt es tatsächlich?«

»Ach was! Ein kleiner Betriebsunfall, der sich im Nachhinein als glückliche Fügung erwies. Bei einem Shooting wurden zwei Models in einer andeutungsweise zweideutigen, bei einzelnen Menschen möglicherweise zu Fehlinterpretationen führenden Pose aufgenommen. Die Fotos gelangten ins Netz und bald hieß es, die Elina Beauté SA betreibe ein Studio, in dem Pornofilme gedreht würden.

Natürlich haben wir die Zusammenarbeit mit dem fehlbaren Fotografen sofort beendet, im gegenseitigen

Einvernehmen, Stillschweigen etcetera etcetera. Zudem haben wir versucht, die Fotos wieder aus dem Netz zu entfernen. Eine hoffnungslose Angelegenheit, wie Sie sich denken können.

Bald haben wir gemerkt, dass diese Bilder unserem Geschäft nicht schaden. Im Gegenteil, sie beflügeln die Fantasie einer bestimmten Bevölkerungsgruppe, und so konnten wir ein zusätzliches Kundensegment erschließen. Jedes Mal, wenn die Fotos wieder irgendwo auftauchen, erhalten wir aus unseren Filialen die Rückmeldung, dass sich vermehrt ältere Herren für unsere Produkte interessieren.«

—

»Was«, schrie Denis, »das Videostudio gibt es gar nicht? Hätte ich das gewusst, hätte ich die Kriegsspielzeugfabrik notiert und nicht die Elina SA!« Er war aufgesprungen, hatte sich mir zugewandt und drückte den Zeigefinger auf meine Brust. »Das ist Vorspiegelung falscher Tatsachen. Du hast mich betrogen, Oli!«

»Ich habe nichts Unwahres gesagt. Ich habe nur erzählt, dass Marta Senti erzählt habe, dass es ein Gerücht gebe, wonach in diesem Studio nicht nur Werbefilme gedreht würden. Den Rest habt ihr euch ausgemalt. Das Studio hat offensichtlich eure Fantasie angeregt, wie Chariot richtig festgestellt hat.«

Mit meiner linken Hand versuchte ich, Denis von mir wegzustoßen. Mit der rechten wischte ich die Speicheltröpfchen aus meinem Gesicht.

»Habe, gebe, würde! Versuch nicht, dich rauszureden. Du hast gelogen!«

»Mops, du verrennst dich.« Herbert war ebenfalls aufgestanden und zog Denis von mir weg. »Taktik war noch nie deine Stärke. Das wäre doch eine Kleinigkeit gewesen, dieses Studio, falls es denn existiert hätte. Das hättest du im Nu abgestoßen gehabt. Reduktion aufs Kerngeschäft nennt man das. Dagegen hätte selbst Vater nichts einzuwenden gehabt. Mit der Werbung hättest du eine Drittfirma beauftragen können.«

»Ich bestehe darauf, dass wir nochmals die Zettel ausfüllen.« Denis stampfte mit dem Fuß auf den Boden. Die Gläser in der Vitrine klirrten. »Sarah würde das auch so wollen.«

»Jetzt soll es Sarah richten. Wie immer, wenn du dich nicht durchsetzen kannst«, sagte ich.

»Überhaupt, was geschähe, wenn wir die Zettel nochmals ausfüllen würden? Dann würden alle die Kriegsspielzeugfirma notieren und wir stünden wieder am Anfang. Und Vater käme seinem Ziel näher, uns ins Leere laufen zu lassen. Vergiss es, Mops. Falsch gepokert, das gibt es nun mal im richtigen Leben. Auch ich muss akzeptieren, dass ich die Frösche erhalte, obwohl ich mir etwas anderes gewünscht hätte. Jetzt geht es nur noch um die Frage, ob Oli oder Max die Elina SA erhält. Konzentrieren wir uns darauf.«

Eines musste man Herbert lassen: Er war der fairere Verlierer als Denis. Nochmals von vorne zu beginnen, das wäre ein Fiasko gewesen.

»Und wie soll das vor sich gehen?«, fragte Denis. »Das mit den Zetteln funktioniert wohl nicht mehr. Beide würden die PLM Chemicals notieren und wir wären keinen Schritt weiter.«

»Sarah könnte uns tatsächlich helfen, selbst wenn ihr das nicht wahrhaben wollt«, sagte Max. Er war aufgestanden und ging zum Fenster. Er zog den Vorhang zur Seite und schaute auf die Straße. »Wo bleibt sie nur?«

Es hatte zu stürmen begonnen. Der Wind peitschte den Regen vor sich hin. Die mit Drähten zwischen den Häusern gespannten Leuchten schwankten hin und her und ließen ihre Lichtkegel über die Straße tanzen.

»Da, das muss Sarah sein!«

Max zeigte auf eine Gestalt, die vornübergebeugt der gegenüberliegenden Häuserzeile entlangeilte. Sie hatte sich die Kapuze ihrer Jacke tief in die Stirne gezogen, und mit ihrer Hand hielt sie den Kragen eng umgriffen.

»Wie schmal sie geworden ist. Wie zerbrechlich. Beinahe hätte ich sie nicht erkannt.

Was macht sie jetzt? Warum wechselt sie nicht die Straßenseite?

Sie geht vorbei. Warum nur geht sie vorbei?«

Max öffnete das Fenster und lehnte sich heraus.

»Sarah, hier sind wir! Sarah!«

Eine Wassersalve traf ihn am Kopf. Er schloss das Fenster wieder und drehte sich zu uns. Seine Brillengläser beschlugen, und Wasser tropfte von seinem Kinn.

»Oli, hast du ihr etwa die falsche Hausnummer gegeben?«

»Stopp jetzt!« Herbert schlug mit der flachen Hand auf den Tisch. Die Gläser wankten.

»Das muss jetzt endlich ein Ende haben mit Sarah. Ich ertrage das nicht mehr. Sarah gibt es nicht und Sarah hat es nie gegeben!«

Max hatte sich wieder gesetzt und vergrub sein Gesicht in den Händen. Seine Stimme tönte weinerlich.

»Natürlich gibt es Sarah. Du warst auch dabei, als sie zum ersten Mal auftauchte. Wir saßen im Wald, hatten ein Feuer entfacht und einmal mehr darüber fantasiert, wie es wäre, wenn wir eine ältere Schwester hätten.«

Schon immer hatten wir uns gewundert, wieso wir keine Schwester hatten. »Könnt ihr euch erinnern«, fragte ich, »wie Max Mutter einmal gefragt hat, warum das so sei? Sie murmelte etwas davon, dass der Herrgott das so bestimmt habe, worauf Max sofort zu Vater geeilt ist und ihn gefragt hat, wieso er uns kein Schwesterchen geschenkt habe.«

»Und plötzlich war da das Mädchen«, fuhr Max fort. Er hatte sich wieder gefasst und auf seinem Gesicht zeigte sich ein Lächeln. »Es war hinter dem Baum hervorgetreten und kam zu uns ans Feuer. Wir schnitten Äste, spießten unsere Würste auf und brieten sie über dem Feuer. Es roch nach verbrannter Wursthaut. Wir teilten die Würste mit dem Mädchen, so wie wir es in unseren Gesprächen über unsere Schwester immer getan hatten. Es hatte Schokoladenkuchen mitgebracht und gab uns davon. Es war derselbe Kuchen, wie ihn unsere Mutter jeweils backte.

Wie heißt du, fragte Denis das Mädchen. Das wisst ihr doch, sagte es. Ich bin Sarah, eure Schwester.

Nach dem Essen spielten wir Fangen und kletterten auf den Tannenbaum neben der Feuerstelle. Wir rissen Zapfen von den Ästen und warfen sie ins Feuer. Das Harz zischte und roch, als es verbrannte.

Als es dunkel wurde, gingen wir zurück nach Hause. Das Mädchen winkte zum Abschied und verschwand in die andere Richtung.«

Herbert, Denis und ich vergaßen das Mädchen bald wieder. Doch Max erzählte immer wieder von ihm. Sarah wurde immer lebendiger. Die dunklen lockigen Haare, die Sommersprossen auf der Wange, die Narbe am Schienbein. Wie sie ins Nachbardorf zur Schule ging, weil sie älter war als wir, wie sie Gitarre lernte, wie sie mit ihren Freundinnen die Nachmittage am Weiher hinter dem Wäldchen verbrachte. Lange blieb Max allein mit Sarah. Manchmal spielten Denis und ich mit, hauptsächlich, um Herbert zu ärgern. Doch dann entdeckte Denis die Kraft, die in Sarah lag. Immer, wenn er mit seinen Argumenten nicht gegen uns ankam, nahm er sich die Unterstützung von Sarah. Überlegt euch doch mal, wie Sarah das sähe. Sarah entschiede auch so. Sarah handelte gleich.

So hatte sich Sarah in unser Leben eingenistet. Sie beeinflusste unser Denken und Handeln, obwohl sie nicht existierte. Immer wieder fragten wir sie um Rat. Was täte Sarah, überlegten wir uns, wenn wir mit unseren eigenen Ideen an unsere Grenzen stießen.

Sarah bestätigte uns, sie widersprach uns, manchmal hielt sie uns von Dummheiten ab, manchmal verleitete sie uns dazu. Wir konnten nie sicher sein, ob ihre Ratschläge ernst gemeint waren oder ob sie das Gegenteil bewirken würden von dem, was wir uns erhofften.

Wie können wir unsere Eltern davon überzeugen, dass sie uns zu Weihnachten einen Hund schenken? Macht einen Wochenplan und sagt, wer sich wann um den Hund kümmert. Montag Denis, Dienstag Herbert, Mittwoch Max und so weiter. Sarah diktierte, wir schrieben mit und eilten mit dem Plan zu Vater. Soso, sagte er, und betrachtete die Tabelle. Wie stellst du dir das vor mit deinem Leichtathletiktraining, Max? Ist das nicht am Mittwochabend? Und du Denis, bist du nicht im Klavierunterricht am Montag nach der Schule? Statt einem Hund lagen wollene Wintermützen und Handschuhe unter dem Tannenbaum.

Eines ist sicher: Selbst Entscheide von großer Tragweite wären ohne Sarah anders ausgefallen, beispielsweise, als wir diskutierten, ob unser Elternhaus verkauft werden soll oder nicht. Nur Herbert wollte nichts mit ihr zu tun haben, da sie selten Ratschläge erteilte, die in seinem Sinn waren.

Bis hierhin hatte er geschwiegen, doch jetzt wurde er unruhig. »Sarah hat es nie gegeben, können wir uns darauf einigen?« Er blickte uns der Reihe nach an. »Sarah wird unsere Entscheide nie mehr beeinflussen, verstanden?«

»Ja«, sagte ich, »ja«, schob Denis nach.

Max zögerte. »Ja, nein, ich weiß nicht.«

»Was ich weiß nicht?«

Max wich dem Blick von Herbert aus und drehte mit seinen Fingern den Dessertlöffel hin und her.

»Sarah wird Teil unseres Lebens bleiben, ob ihr wollt oder nicht.«

»Aus meinem Leben wird Sarah in spätestens vier Wochen verschwunden sein. Dann wird das Erbe verteilt sein und unsere Wege werden sich trennen.«

»Aber Herbert, denk doch an den Treueschwur, den wir soeben erneuert haben.«

»Der war wohl nicht ernst gemeint, Mops. Lasst uns das hier endlich zu Ende bringen und die letzten beiden Firmen zuteilen. Wie machen wir es? Freiwillig wird wohl keiner der beiden die PLM Chemicals nehmen.«

»Wir könnten das Los entscheiden lassen«, schlug Denis vor.

»Das Los? Kapitulieren und das Los entscheiden lassen? Das geht doch nicht«, wandte ich ein. Auslosen, was für ein Albtraum. Gab es denn keine andere Lösung, wie ich zu dieser Elina kommen konnte? Irgendetwas, das meine Chance über fünfzig Prozent steigen ließe? Ich knetete meine Hände unter dem Tisch und dachte krampfhaft nach. Es wollte mir einfach nichts einfallen. Derweil sprach Denis unentwegt weiter.

»Auslosen zählt zu den gerechtesten Verfahren überhaupt. Losentscheide gibt es überall dort, wo ein Patt vorliegt oder wo jede andere Art der Zuteilung willkürlich wäre. Bei Gleichstand der Stimmen entscheidet das Los über den Gewinn eines Parlamentssitzes. Studienplätze werden zugelost, wenn es mehr Bewerber gibt als Plätze, Aufenthaltsbewilligungen ebenso. Wissenschaftliche Fördergremien vergeben ihre Zuschüsse im Losverfahren in Fällen, bei denen sich die Gesuche selbst bei einer gründlichen Evaluation nicht genügend stark voneinander unterscheiden. Neuerdings spricht man sogar davon, Parlamentsmandate oder Richterstühle per Los zu vergeben. Dabei wird von einem erweiterten Losverfahren gesprochen, da die Auswahl nicht nur zufällig, sondern auch repräsentativ erfolgen soll. Dies garantiert eine ausgewogene Vertretung von Männern und Frauen, jungen und alten Menschen, Menschen verschiedener Herkunft und so weiter. Bei den Richtern würde zusätzlich eine fachliche Mindestqualifikation vorausgesetzt. Losentscheide sind absolut neutral und können weder durch Interessengruppen noch durch Geld beeinflusst werden. Ebenso kann verhindert werden, dass Vorurteile eine Entscheidung beeinflussen.«

»Jetzt reicht es«, unterbrach ich Denis. Unglaublich, was diese Wissenschaftler immer herausfanden. »Auslosen mag gut sein, wenn es sonst keine Unterscheidungsmerkmale gibt. Das ist hier offensichtlich nicht der Fall.«

»Das musst du mir genauer erklären. Ich sehe keinen Unterschied zwischen dir und Max. Beide wollt ihr die Elina SA, und keiner von euch bringt die notwendigen Qualifikationen mit, um sie führen zu können.«

»Schweig jetzt. Vater verlangt, dass wir uns einigen. Von Auslosen war nie die Rede.« Etwas Besseres kam mir nicht mehr in den Sinn. Die Sache drohte mir endgültig zu entgleiten.

Herbert bearbeitete sein Smartphone ungeduldig mit seinen Fingern.

Nach einer Weile sagte Max: »Sarah hätte Auslosen für eine gute Lösung gehalten. Das ist ebenfalls eine Art Einigung. Wir einigen uns darauf, dass wir das Los bestimmen lassen. Ich bin für Auslosen.«

»Ich bin ebenfalls dafür«, stimmte Herbert zu.

Drei zu eins. Da war nichts mehr auszurichten. Ich gab nach: »Wenn es sein muss.« Unfassbar, schon zum zweiten Mal hatte sich Denis mit einem seiner abstrusen Vorschläge durchgesetzt, und ich war machtlos gewesen.

»Also, vorwärts«, sagte Herbert, »wo hast du die Zettel?«

Herbert schrieb PLM auf den ersten Zettel und Elina auf den zweiten. Er drehte die Zettel, sodass die Schrift nach unten zeigte, vertauschte sie mehrmals in schnellem Tempo und hielt sie Max hin.

»Stopp, so geht das nicht!« Denis trat zwischen die beiden. »Das Papier ist zu dünn, die Buchstaben scheinen durch.«

»Wie wäre es mit Karten?«, fragte Herbert und ging zur Kommode. »Wo hast du die Jasskarten?« Ohne eine Antwort abzuwarten, öffnete er eine Schublade nach der anderen, bis er auf einen Satz Karten stieß. Er mischte. »Wer die höhere Karte zieht, darf wählen.« Er fächerte die Karten auf und hielt sie Max hin.

»Das geht nicht«, schritt ich ein. »Wisst ihr nicht mehr, wie wir jeweils mit Karten bestimmt haben, wer zuerst duschen darf? Immer dann, wenn Herbert die Karten gemischt hatte, zog er selbst die höchste Karte. Bis wir eines Tages seinen miesen Trick entlarvten.«

»Nehmen wir doch eine Münze«, schlug Denis vor. »Bei Kopf darf Max wählen, bei Zahl Oli.«

»Wer wirft?«, fragte Herbert.

»Du, Herbert«, sagte Max.

»Nein, Denis«, sagte ich fast gleichzeitig.

»Come on, seid ihr mühsam. Dann lost ihr beiden eben aus, wer von euch bestimmen darf, wer von uns die Münze werfen soll«, sagte Herbert. »Schere, Stein, Papier.«

»Aber …«, setzte ich an.

»Nichts aber, los jetzt!«

»Aber früher hat Max seine Hand immer etwas später nach vorne gezogen und …«

»Ach was, du hast immer gezögert und versucht, von Stein auf Schere zu wechseln, wenn du meintest, eine flache Hand erkannt zu haben«, entgegnete Max.

»Dann wiederholen wir so oft, bis einer dreimal gewonnen hat«, wies uns Herbert an. »So gleichen sich die Tricksereien aus.«

Wir starteten. Schere gegen Schere, patt. Schere gegen Papier, eins zu null für mich. Papier gegen Papier, patt. Nochmals patt. Dann Stein gegen Papier, eins zu eins. Wieder Stein gegen Papier, eins zu zwei für Max. Stein gegen Stein, patt. Nochmals Stein gegen Stein. Dann wieder Stein gegen Papier, eins zu drei, Max hatte gewonnen.

»Herbert wirft die Münze.«

»Wer hat eine Münze? Ich bezahle nur noch mit dem Smartphone.«

»Du weißt schon, dass du dich damit zum gläsernen Menschen machst? Du gibst alles preis, was du machst. Amazon, Apple, Alibaba, alle wissen, wann, wo und für was du dein Geld ausgibst.« Denis griff in seine Hosentasche und klaubte ein Zweifrankenstück hervor. »Da bleibe ich lieber beim Bargeld.«

»Mach, was du willst, aber gib endlich diese Münze her.« Herbert riss Denis die Münze aus der Hand.

Ich zitterte. Ich schob meine Hände in die Hosentaschen, damit es den anderen nicht auffiel. Max stand teilnahmslos da. Um was ging es ihm? Spielte er sein Spiel? Ich wusste es immer noch nicht.

Herbert drückte die Spitze seines linken Zeigefingers gegen den Daumen und legte die Münze obendrauf.

»Wieso zitterst du so? Ist dir kalt?«, fragte mich Max und ging langsam um mich herum.

»I-ich? Ich zi-ittere doch nicht.«

»Du bist ja richtiggehend bleich, Brüderchen. Du solltest dir die ganze Sache nicht derart zu Herzen nehmen. Das zerfrisst dich. Schau es als Spiel an. Die letzte Runde ist angebrochen. Noch immer ist alles möglich, zumindest für dich. Spannung pur. Der letzte Zug. Einer wird gewinnen, einer wird verlieren. Danach geht das Leben weiter, egal, wer gewonnen hat.«

Herbert steigerte den Druck auf seinen Daumen. Gleich würde die Münze in die Höhe schnellen.

Mein Telefon läutete. Ich schob Max zur Seite, ging zur Kommode und schaute auf das Display.

»Halt, warte, da muss ich ran!«

Ich nahm den Anruf an.

»Was für eine Überraschung, Sie zu hören. Nein, nein, kein Problem, wir sind gerade daran, die Firmen untereinander aufzuteilen. Eine neue Entwicklung? Was sollen wir haben? Das ist ausgeschlossen, davon hören wir zum ersten Mal. Sind Sie sicher? Was bedeutet das genau? Und die Zuteilung? Aber wir stehen kurz vor dem Durchbruch. Ich verstehe, ja, wir werden uns selbstverständlich an Ihre Anweisungen halten. Danke, Ihnen auch einen schönen Abend, auf Wiederhören.«

Ich ließ mein Telefon sinken. Das durfte nicht wahr sein. Das war noch schlimmer als Auslosen.

»Du kannst den Zweifränkler wieder einpacken, Denis. Wir stoppen hier.«

»Was ist passiert?«

»Wer war das?«

»Frau Senti, die Anwältin aus der Kanzlei Bischoff ...«

»Das wissen wir. Was wollte sie um diese Zeit?«

»Sie sei heute Abend von einem mehrtägigen Auslandsaufenthalt zurückgekommen und noch in die Kanzlei gefahren, um die Post durchzugehen. Da sei sie auf den Brief eines befreundeten Anwalts gestoßen. Dieser habe ihr mitgeteilt, dass vor drei Tagen eine Person bei ihm vorstellig geworden sei, die behaupte, dass unser Vater auch ihr Vater sei. Er bitte sie nun, die Abwicklung der Erbschaft sofort zu stoppen, damit geklärt werden könne, ob dieser Sachverhalt zutreffe und welche Konsequenzen sich daraus ergäben.«

»Wir sollen noch ein Geschwister haben? Das ist doch absurd!«

»Was heißt da: eine Person? Alt, jung, Mann, Frau, irgendetwas dazwischen?«

»Das habe nicht im Brief gestanden, das sei eine höchst heikle Angelegenheit, die größter Diskretion bedürfe.«

»Der oder die ist sicher von dieser Chariot. Ich hab's gewusst. Die haben nicht nur die Buchhaltung kontrolliert dort drüben in der Bretagne.«

»Was bedeutet das jetzt?«

»Senti wird morgen früh mit ihrem Anwaltskollegen Kontakt aufnehmen und versuchen, möglichst schnell Klarheit in diese Angelegenheit zu bringen. Wir hingegen sollen nichts mehr unternehmen, bis sie sich wieder meldet.«

»Dann bin ich mal weg«, sagte Herbert, packte seine Sporttasche und ging zur Türe.

»Aber Herbert, jetzt, da wir uns endlich wieder einmal sehen, da könntest du noch etwas bleiben.«

»Denis, der läuft uns nicht davon, der will ja nach wie vor die Elina SA«, sagte Max. »Ich vermute, dass wir uns schon in einigen Tagen wiedersehen werden. Ich gehe auch.« Er packte seine Jacke und ging auf den Balkon. »Oli, wo hast du den Vieux Boulogne hingetan? Ich kann ihn nicht mehr finden.«

—

Fünf Wochen sind vergangen seit dem Treffen mit meinen drei Brüdern. Ich stelle das Foto mit Vater und Mutter auf die Kommode. Dann kommt das Foto mit uns vier Brüdern hinzu. Ich rücke die Stehlampe etwas näher an die Kommode, damit das Licht auf die Bilder fällt. So ist es gut. Ich setze mich auf das Sofa. Kasimir kommt, streicht um meine Beine und springt auf meinen Schoß.

In einer Stunde werden meine Geschwister eintreffen, Denis wohl etwas früher. Dieses Mal habe ich für fünf gedeckt. Unsere Schwester Sarah wird mit dabei sein. Sie wird die entscheidende Rolle spielen, mit ihr werde ich mich gut stellen müssen.

Ich nehme die Fernsteuerung und schalte den Fernseher ein. Ich zappe mich durch die Programme, bis ich auf einen Werbeblock stoße. Wenigstens will ich mithalten können, wenn es heute Abend um Hyluaronsäure geht.

Ion Karagounis, 1964 geboren, ist schweizerisch-griechischer Doppelbürger und lebt in Schaffhausen. Er hat Naturwissenschaften studiert, sich in Unternehmensführung und Journalismus weitergebildet und ist heute beim WWF Schweiz verantwortlich für Zukunftsfragen und neue Wirtschaftsmodelle. Zudem schreibt er regelmäßig für Schweizer Zeitungen und Zeitschriften, so für die »NZZ« oder »Das Magazin«. In seinen Texten sucht er Antworten auf ökonomische, ökologische und psychologische Fragen: Wie lösen wir den Widerspruch zwischen einer Wirtschaft, die auf stetes Wachstum angewiesen ist, und den natürlichen Ressourcen, die klare Grenzen vorgeben? Wie können wir die Menschen für den Wandel gewinnen und wie bleiben wir zuversichtlich in einer Zeit, in der auf eine Katastrophe die nächste zu folgen scheint?

Mehr: www.waswirhinterlassen.ch